AF603838
Domination
Érotique et
Soumission Vol. 2
Erika Sanders

Domination Érotique et Soumission Vol. 2

Erika Sanders
Série
Collection de domination érotique

Image de couverture : @ krivitskiy- Pixabay, 2024

Première édition : 2024

Synopsis

Ce volume contient trois titres BDSM romantiques et érotiques à fort contenu.

Esclave soumise:

Nous nous sommes rencontrés sur le chat l'autre soir.

J'avais créé une salle avec un sujet sur la façon de trouver une dominatrice dans la bonne zone et après quelques heures, Lucy est entrée et nous avons commencé à parler de ce que nous aimons et n'aimons pas dans la situation et le sujet.

Nous avons échangé des images ... rien d'audace, juste des photos de nous en tenue normale au début.

Lucy me demande alors de lui envoyer une liste de mes limites ... une liste complète de ce que je ne ferais pas et de ce que je voulais faire ...

Susan Esclave:

Susan aimait plaire à son Maître et Il a toujours rendu tout parfait entre eux.

Susan est sortie du lit et a emmêlé ses cheveux dans une broche alors qu'elle se dirigeait vers la salle de bain.

La robe, les bas et les chaussures que Maître Robert avait choisi pour elle de porter étaient suspendus à un crochet attaché à l'arrière de la porte.

Il n'y avait pas de sous-vêtements.

Susan sourit, puis se lava le visage, se brossa les dents et, avant de retourner dans la chambre, ouvrit le tiroir du bas de la commode, sortit les boules chinoises et ôta la culotte string avec laquelle elle avait couché ...

Esclave soumise, Susan Esclave et **Déshabille-toi, je t'ordonne** sont des histoires à fort contenu érotique BDSM et, à leur tour, appartenant également à la collection Erotic Domination, une série de romans à fort contenu BDSM.

(Tous les personnages ont 18 ans ou plus)

Remarque sur l'auteure

Erika Sanders est une écrivaine de renommée internationale, traduite dans plus de vingt langues, qui signe ses écrits les plus érotiques, loin de sa prose habituelle, de son nom de jeune fille.

Indice:

DOMINATION ÉROTIQUE ET SOUMISSION VOL.2
ERIKA SANDERS

ESCLAVE SOUMISE

CHAPITRE I

Où diable était-elle?

C'est ce qu'il pensait en s'asseyant à une table pour deux dans la cafétéria dans une rue principale à l'extérieur de la ville.

J'avais déjà bu deux tasses de café et ça faisait plus d'une heure que ce que nous avions convenu hier et putain, j'avais besoin d'aller pisser.

Ne sachant pas si je devais rester ou partir ou quoi que ce soit, je me suis finalement convaincu qu'il m'avait laissé debout et a décidé d'aller me soulager.

Quelle putain de perte de temps et ce n'est qu'un coup de plus pour mon ego ... c'est arrivé trop près de l'autre fois, j'aurais dû m'en douter, pensai-je en me levant de table et en me dirigeant vers la salle des hommes.

Nous nous sommes rencontrés sur le chat l'autre soir.

J'avais créé une salle avec un sujet sur la façon de trouver une dominatrice dans la bonne zone et après quelques heures, Lucy est entrée et nous avons commencé à parler de ce que nous aimons et n'aimons pas dans la situation et le sujet.

Nous avons échangé des images ... rien d'audace, juste des photos de nous en tenue normale au début.

Nous avons aimé ce que nous avons vu et avons décidé de nous retrouver à la cafétéria ce matin tôt le samedi matin ... en fait très tôt ... à 6h15.

Lucy me demande alors de lui envoyer une liste de mes limites ... une liste complète de ce que je ne ferais pas et de ce que je voulais faire.

Elle m'a aussi demandé de lui envoyer toutes mes mesures; tout de la longueur de ma bite quand j'étais en érection à la taille de ma chaussure.

Puis plus tard, il m'a demandé de lui envoyer des photos de ma bite comme elle pendait normalement et aussi avec un boner plein.

Il avait tout fait, mais bon sang, il s'était retrouvé ici, seul, dans la salle de bain de la cafétéria.

J'ai quitté la cafétéria et suis allé à ma voiture, qui était à l'arrière du parking où j'avais dit à Lucy que je la garerais et lui avait également donné mon numéro d'enregistrement en même temps.

Lorsque j'ai ouvert la portière, la vitre côté passager d'un SUV noir garé à côté de moi s'est mise à rouler.

«Peter, êtes-vous? dit doucement une voix féminine.

Je lui ai fait savoir que c'était moi.

«Désolé, mais je devais m'assurer que tu étais la personne que tu disais vraiment être.

J'ai regardé le conducteur et mon cœur s'est mis à battre à un rythme fantastique.

Elle était Lucy et elle était magnifique ... dans un manteau en cuir et des bottes en cuir.

Son manteau en cuir était déboutonné en bas, révélant des cuisses nues et du cuir au-dessus d'eux, mais je n'étais pas sûr de ce qu'était exactement le cuir, mais il a servi son but pour me ravir.

"Où diable étiez-vous? Je vous ai attendu pendant plus d'une heure." J'ai lâché prise en regardant ses bottes et j'ai senti ma bite commencer à prêter attention à la situation.

«Maintenant Peter, dis juste comment tu te sens. Si tu es toujours intéressé à me rencontrer, tu me suivras chez moi maintenant. Une fois que nous y serons, tu entreras dans le garage dans l'espace à côté de ma voiture. Comprends-tu ce garçon?

Avant que je puisse répondre, la fenêtre s'est fermée et le SUV est sorti du parking et a commencé à partir.

Mon érection est morte au même endroit en un temps record.

Que dois-je faire, que dois-je faire?

Malédiction.

J'ai sauté dans ma voiture et j'ai couru après elle en espérant qu'il n'était pas trop tard.

"Où est-elle?" Je me suis dit en m'approchant de la sortie ... "Là, il a tourné à droite; il se dirige vers l'ouest."

J'ai essayé de garder le rythme et de le garder en vue sans excès de vitesse, car cette route était connue pour ses radars de vitesse.

Je l'avais en vue lorsqu'elle est soudainement passée à travers une lumière ambrée me forçant à m'arrêter et à la regarder disparaître.

"Salope ... elle l'a fait exprès," criai-je à personne.

J'ai attendu que la lumière vire au vert pendant ce qui m'a semblé une éternité, puis j'ai commencé le plus vite possible d'une manière permise, croyant que je l'avais perdue.

"Elle est là, allez-y." Je me suis crié ... elle devait être coincée dans la circulation ou peut-être qu'elle s'était arrêtée.

Je l'ai suivie juste après cet arrêt, puis, quelques kilomètres plus tard, elle a finalement tourné à droite sur une route secondaire, connue pour ses maisons chères et ses superbes vues, car elles étaient situées au bord d'un lac.

Nous roulions à une vitesse beaucoup plus lente.

Vous ne voulez probablement pas que les voisins remarquent quoi que ce soit, ai-je pensé.

Puis elle a tourné à droite sur une route qui avait une immense maison au bout et la première chose que j'ai pensé était qu'elle était perdue ... mais elle est allée au garage et a ouvert la porte avant mon arrivée.

Elle a laissé la voiture sur le côté gauche et j'ai roulé à côté d'elle sur le côté droit.

Dès que je suis entré dans le garage lorsque la porte a commencé à se fermer, j'ai éteint la voiture et suis sorti.

Elle ouvrit une porte de la maison principale et me fit signe de la suivre, ce que je fis, mais avec hésitation.

J'ai essuyé mes pieds sur une natte, suis entré dans la maison et j'ai fermé la porte derrière moi.

Puis je me suis retourné pour regarder Lucy.

"Sais-tu que tu habites à cinq miles de moi ..."

Slap ... Slap ... Slap ... elle m'a frappé durement les joues.

"Comment osez-vous me parler comme vous l'avez fait? Vous ne me questionnerez plus jamais, une merde inutile comme vous! Vous me comprenez, Peter?"

J'étais sous le choc, ne m'attendant pas à cela.

"Ouais, je suppose"

Il m'a attrapé par le devant de ma chemise ... gifle, gifle ... gifle.

Elle m'a frappé à nouveau et cette fois j'ai essayé de me protéger et j'ai attrapé son poignet ... juste pour un réflexe, mais j'ai réalisé que c'était un non-sens et je l'ai rapidement relâché.

«Oh merde, je suis foutu», ai-je pensé et j'ai attendu qu'elle me dise d'y aller.

"A genoux MAINTENANT Peter!" dit-il à voix haute en attrapant mes cheveux et en me forçant à tomber.

"Tu as mérité une petite punition, esclave." Elle a dit.

Elle m'a traité d'esclave et je pensais qu'elle faisait ça depuis vingt minutes.

Mes genoux étaient ensemble, mes mains étaient de chaque côté, pour me stabiliser et je la regardais.

Elle m'a regardé puis m'a donné des coups de pied violents là où mes genoux se touchaient.

"Écartez ces genoux, salope!"

J'ai fait ce qu'on m'a dit.

Puis il a placé le bout de son pied droit sur ma bite et l'a pressé fort.

«Ne l'oublie pas encore, Peter. De plus, baisse ta putain de tête et regarde le sol. Mets tes mains sur tes cuisses, paumes vers le haut, dans la bonne position pour un esclave.

«Vous avez gagné quinze coups de fouet d'esclave que vous recevrez au début de notre séance. Cinq pour être insolent quand vous m'avez demandé où j'étais. Cinq pour avoir mal répondu en ne me parlant pas respectueusement et ne m'appelant pas Maîtresse ou Ama Lucy. Vous le ferez. Vous le ferez toujours. lorsque vous n'êtes pas en public, c'est-à-dire dans une voiture ou dans une maison ... ici ou dans une pièce privée. Cinq sont pour m'avoir touché sans approbation lorsque vous avez attrapé mon poignet. Si vous recommencez, vous serez puni davantage au-delà de vos limites, puisque je dois me protéger. Comprenez-vous pourquoi vous êtes puni, Peter ? "

J'ai regardé son visage du mieux que j'ai pu et j'ai dit:

"Oui je le comprends".

Elle m'attrapa fermement par les cheveux et me regarda dans les yeux.

«Ce sera encore cinq coups de fouet pour m'avoir désobéi en levant les yeux et en montrant un manque de respect pour ne pas m'appeler Maîtresse. Tu me comprends, Peter?

En baissant les yeux et la tête du mieux que je pouvais, bien qu'elle me tenait toujours par les cheveux, j'ai dit:

«Oui, Maîtresse Lucy, je comprends.

«Hier, nous avons discuté du fait que tu es devenu mon pénitent et mon esclave sexuelle, et que tu avais besoin d'une formation. Est-ce exact Peter?

"Oui madame, c'est correct."

«Vous avez déclaré que vos limites n'étaient pas les adolescents ou les mineurs, ni le sang, ni les épingles, ni les aiguilles, ni les marques permanentes. Est-ce exact, Peter?

"Oui madame, c'est correct."

«Vous êtes-vous nettoyé ce matin avec la méthode de lavement rapide dont nous avons discuté?

«Oui, Mme Lucy, je l'ai fait exactement comme vous me l'avez dit.

«Êtes-vous toujours intéressé à devenir mon deuil et mon esclave sexuel Peter?

"Oui madame, plus que jamais."

Puis il lâcha mes cheveux alors que je regardais le sol.

J'ai l'impression que je viens de sauter dans le fond de la piscine et que je n'ai pas appris à nager.

"Eh bien, voyons si vous pouvez être entraîné. Levez-vous et videz toutes vos poches, enlevez votre montre et vos bagues et mettez tout sur la petite table!" qu'elle a souligné. "Alors enlève tes chaussures et mets-les sur le sol à côté de la table."

J'ai fait tout ce qu'il m'a dit aussi vite que j'ai pu et comme c'était ma première opportunité, j'ai regardé autour de la maison.

Il était dans le hall principal, non loin des marches menant au sous-sol.

J'ai regardé la Dominatrix sans regarder dans les yeux et j'ai vu qu'elle était toujours dans son manteau de cuir et ses bottes.

Dieu, elle est encore plus belle que la photo qu'elle m'a envoyée.

De courts cheveux blonds foncés avec une frange sur les yeux, j'ai hâte de découvrir ce que le reste est comme je le pensais.

«Maintenant Peter, tu vas enlever tous tes vêtements pour une inspection; les mains derrière la tête, la tête baissée et les jambes écartées. MAINTENANT, putain de salope, pas demain!

Je me suis déshabillé aussi vite que possible et me suis tenu nu pour m'inspecter.

Alors que je baissais les yeux, j'ai regardé ma bite commencer à grandir dans l'espoir que mes rêves se réaliseraient.

Dieu, comme j'aimerais qu'il me fasse courir maintenant, pensai-je.

"Quand j'ai dit que je voulais que vos jambes soient largement écartées, je le pensais. Maintenant, écartez vos jambes. PLUS LARGE! Espèce d'idiot, idiot. Et vous pouvez oublier d'avoir un orgasme à tout moment dans un futur proche esclave. Je Je serai le seul à déterminer quand vous en aurez un. "

"Désolé, madame ... oui madame," lâchai-je et regardai ma bite dure.

Puis il a enlevé mes vêtements et m'a lentement entouré.

D'abord, elle a pincé un mamelon, puis a pincé la tête de mon pénis, le serrant fermement alors qu'elle gémissait à travers les dents serrées.

Elle a ri en me testant plusieurs fois.

"Maintenant, esclave Peter, tu vas ramasser tous tes vêtements et descendre au sous-sol. Ouvre la première porte à droite, entre et ferme la porte. N'allume aucune lumière ... Là, au centre de la pièce, tu trouveras un sac de sport avec des instructions dessus. Allez directement au sac, lisez les instructions et suivez-les exactement. Vous avez vingt minutes pour accomplir cette tâche, et je surveillerai chacun de vos mouvements avec la caméra. Comprenez-vous Peter ? "

«Oui, Mme Lucy, je comprends.

"Alors vas-y, mon garçon, tu as déjà utilisé 20 secondes."

Aussi vite que j'ai pu, j'ai ramassé mes vêtements, j'ai couru en bas, j'ai ouvert la première porte à droite, je suis entré et je l'ai fermée derrière moi.

"Dans quoi diable je me suis embarqué, je suis vraiment foutu."

Oui, j'ai définitivement sauté dans un abîme profond.

CHAPITRE II

Ce n'était pas censé aller aussi vite, pensai-je en m'assurant que la porte était fermée.

Appuyant ma tête sur la porte, je fermai les yeux et me demandai si cela se produisait vraiment.

Un professionnel de 40 ans comme moi, divorcé, réalisait enfin son fantasme.

Cela m'avait introduit dans un tout nouveau monde.

Là, au centre de la pièce, avec un seul projecteur brillant au plafond, se trouvait un tapis noir avec un sac de sport sur le dessus, un sac Nike en fait.

Je m'approchai rapidement d'elle et sentis la froideur du sol en béton à mes pieds.

C'était peut-être dans son donjon.

En haut du sac se trouvait un morceau de papier plié avec une note écrite "Slave Peter" dessus, moi, mais comment avais-je su que je serais ici ?

J'ai pris la note et j'ai commencé à la lire.

Esclave Peter

Puta, tu vas te mettre à genoux tout de suite pour lire cette note.

Suivez les instructions à la lettre et soyez rapide car votre temps est compté.

Je me suis rapidement mis à genoux et j'ai regardé autour de moi, mais il n'y avait pas de lumière dans le reste de la pièce; seule la lumière qui brille sur moi pendant que je lis la note.

1. Empilez soigneusement vos vêtements à côté du sac.

2. Sortez chaque article du sac et mettez vos vêtements dedans.

3. Mettez le collier, assurez-vous qu'il est bien serré, puis verrouillez-le.

4. Mettez le harnais de sécurité et fixez toutes les boucles et l'anneau de marteau. Tout le monde devrait être serré.

5. Fermez les poignets et les chevilles et fixez-les avec un cadenas. Chacun est marqué pour savoir où il devrait aller et il devrait être serré.

6. Verrouille les poignets de la cheville avec une chaîne de 6 pouces et des cadenas.

7. Bouclez la pince. C'est un bâillon de largeur ouverte et doit être très serré.

8. Vérifiez la zone et mettez tout ce qui n'a pas été utilisé dans le sac.

9. Mettez le bandage et fermez-le bien!

10. Verrouillez les poignets ensemble.

11. Prenez la position esclave et attendez.

En lisant la note, je suis tombé à genoux en essayant de localiser chaque article dans le sac, et finalement, frustré d'essayer de les localiser, j'ai simplement jeté le sac devant moi.

Quand j'ai tout vu, j'ai vraiment cru que d'autres viendraient car tout cela ne pouvait pas être juste pour moi.

Soudain, d'un haut-parleur juste au-dessus de moi, sa voix est venue, forte, profonde et lourde.

"IL VOUS RESTE 15 MINUTES."

Ce rappel a activé un mode panique à l'intérieur de moi et j'ai rapidement ramassé mes vêtements, les ai jetés dans le sac et les ai fermés.

Ensuite, j'ai parcouru toute la pile de bracelets en cuir jusqu'à ce que je trouve le collier.

Merde, c'est un collier de punition.

J'ai regardé le col noir épais de quatre pouces de haut et je me suis demandé comment j'allais le mettre, jusqu'à ce que je remarque qu'il y avait un petit cadenas ouvert qui passait par un trou dans la broche extra large de la boucle.

Maintenant j'ai compris comment il devait être utilisé et j'ai retiré le cadenas.

En levant la tête, je l'ai placé autour de mon cou de sorte que l'ouverture soit à l'arrière et un anneau en D à l'avant et l'ai attaché dans une position confortable.

Ensuite, j'ai mis le cadenas dans le trou d'épingle et je l'ai fermé.

Là, cette fichue chose est en place, ai-je pensé.

Suivant?

Heureusement, j'avais passé du temps à faire des recherches sur le sujet des jouets de domination et j'avais vu divers harnais corporels dans des publicités en ligne, j'ai donc pu le localiser rapidement et, après l'avoir tenu pendant un moment, j'ai décidé qu'il s'agissait d'un harnais de torse.

Aussi vite que j'ai pu, j'ai déterminé l'avant par derrière, je l'ai jeté autour de moi de sorte que les anneaux principaux soient à l'arrière et la plupart des boucles de réglage à l'avant.

Heureusement, les deux sangles qui entouraient chaque côté de mon cou étaient lâches et cela a aidé à positionner l'avant par derrière, avec le fait que le cockring pendait également à l'avant.

Ces deux bretelles ont été retrouvées dans un anneau à l'avant et à l'arrière à un niveau juste en dessous de mes seins.

De là, une seule sangle menait à un autre anneau à un niveau au sommet de mes hanches et de cet anneau à l'avant, une autre sangle maintenait le cockring avec la sangle attachée en dessous.

Les deux anneaux, avant et arrière, maintenaient les sangles ensemble pour relier les côtés d'avant en arrière.

Après quelques secondes à le faire tourner, j'ai décidé de connecter les sangles latérales de l'anneau sous mes seins et de les attacher jusqu'à ce qu'elles soient serrées, mais pas trop serrées.

Puis j'ai répété la même chose avec les sangles latérales sur mes hanches.

Cela commençait à être difficile car cette ceinture de cou tenait ma tête haute et je ne voyais pas bien ce que je faisais.

L'anneau pénien était le suivant et il savait qu'il faudrait le faire simplement en le sentant sans pouvoir regarder.

Dieu, j'aurais aimé avoir exagéré les mensurations de ma bite quand Lucy les a demandées.

Maintenant, il ne s'accroche pas très bien et je ne m'attendais pas à ce qu'il y ait un problème jusqu'à ce que je puisse tenir l'anneau pénien pour le voir.

Merde, c'est minuscule!

Comment vais-je obtenir mes pièces là-bas?

Je l'ai fait une balle à la fois et j'ai eu de la chance que ma bite soit lâche à ce moment-là et j'ai pu faire glisser la tige à travers l'espace restant.

Un peu de lubrifiant aurait aidé, mais il n'y en avait pas.

J'ai resserré la sangle de l'anneau pénien à l'anneau de la hanche, puis j'ai pris la sangle restante de l'anneau pénien, la plaçant entre mes jambes et l'arrière de ma hanche sur mon dos, puis, les bras derrière moi, le J'ai boutonné du mieux que j'ai pu.

Dès que j'ai fait cela, j'ai commencé à avoir un boner avec le résultat que la douleur à la base de ma bite et de mes couilles était étonnamment fantastique.

Ensuite, j'ai resserré chaque sangle et répété le processus encore et encore jusqu'à ce que je sente qu'elles étaient aussi serrées que nécessaire.

L'ensemble du processus a gardé ma bite droite jusqu'au moment où il a été terminé.

La voix de Lucy résonna à nouveau dans le haut-parleur du plafond et semblait plus dominante qu'avant.

"ESCLAVE, IL VOUS RESTE 5 MINUTES".

"Non, ce n'est pas possible, Madame. Cela ne peut pas être." Ai-je protesté.

"VOUS AVEZ 5 MINUTES. DÉPÊCHEZ-VOUS."

Aussi vite que j'ai pu, je me suis tiré et j'ai fermé mes poignets et mes chevilles, indiquant où chacun devrait aller.

Ensuite, j'ai trouvé la chaîne et l'ai placée sur mes poignets de cheville avec des cadenas attachés aux anneaux en D sur chaque brassard.

Tout cela n'a pas été facile puisque le fichu collier de punition limitait ma vue.

Puis le bâillon!

Il était en cuir épais et avait une grande ouverture pour mes lèvres et mes dents.

Quand je l'ai essayé pour la première fois, j'ai pensé qu'il devait y avoir une erreur parce que je ne pouvais pas mettre ma bouche sur l'anneau saillant du premier coup.

J'ai essayé à nouveau et j'ai collé mes dents dans l'anneau, mais c'était douloureusement inconfortable.

Je l'ai bouclé pour m'assurer qu'il ne se détache pas.

Mon Dieu, le trou était assez grand pour un bon membre, mais il espérait ne jamais le recevoir. Pourquoi n'ai-je pas mis cela sur ma liste de limites?

Après avoir trouvé le bandeau, j'ai tout ramassé, je l'ai mis dans le sac et je l'ai fermé.

J'ai sécurisé le bandeau et juste au moment où je le sécurisais, le haut-parleur du plafond a pris vie.

"VOTRE TEMPS EST COMPLET. MAINTENANT VOUS ETES MON ESCLAVE."

Oh merde, j'ai oublié la serrure sur mes poignets, j'ai crié au bâillon.

Désespérément, j'ai trouvé le sac, je l'ai ouvert, et après ce qui m'a semblé une éternité, j'ai trouvé un cadenas ouvert.

Rapidement, mais avec difficulté et cela a dû me prendre 2 minutes ou plus, j'ai pu attacher les menottes derrière mon dos.

Puis je me suis agenouillé là en totale soumission, les genoux écartés.

Oh non! Je n'ai pas fermé le sac.

Je me suis agenouillé là pendant ce qui m'a semblé être le plus long moment au monde en écoutant l'ouverture et la fermeture de la porte.

Il n'y avait pas un bruit; il n'a rien dit.

Les bottes cliquetaient sur le sol et je savais grâce au mouvement de l'air sur mon corps et à l'odeur de son parfum qui était à proximité.

Dieu sentait fantastique.

Des années s'étaient écoulées depuis que j'avais une telle femme si près de moi.

J'entendais le cuir sur ses bottes, j'ai pensé et imaginé qu'il inspectait le sac.

Je pouvais sentir le cuir que je portais et j'ai commencé à m'exciter quand je me suis agenouillé pour me soumettre.

Ploc!

«Agrrrrrrrrrr», gémis-je après avoir reçu un coup de pied dans mes couilles qui me faisait plus mal que toute autre douleur que j'avais jamais reçue dans ma vie.

La douleur inattendue a forcé mes genoux à se rapprocher.

«Tu m'as désobéi, espèce de merde sans valeur. Écarte ces genoux MAINTENANT!

Lentement, j'obéis et écartai mes genoux en attendant un autre coup, mais rien ne vint.

Je marmonnai dans le bâillon un indiscernable «Je suis désolé Maîtresse».

«Vous me décevez, Peter. Vous avez échoué votre première mission, et par conséquent, vous ne serez pas fessé avant la fête de ce soir et ils tripleront.

Fête? De quoi diable parle-t-il?

Soudain, j'ai pensé et Lucy a dû ressentir mon inquiétude pour certains mouvements de mon corps.

«Je vais inviter certains de mes amis ce soir. Veux-tu y assister en tant que mon esclave, Peter? Tu seras l'attraction principale; en fait, ce soir, tu seras la seule attraction. Et bien, ça t'intéresse?

Il essayait d'absorber toutes ces nouvelles informations quand... claque... sa main atterrit sur ma joue gauche.

Merde, ça fait mal.

"Je t'ai posé une question, Peter. Ça t'intéresse? Sinon, son service se termine maintenant!"

Du mieux que j'ai pu, j'ai secoué la tête pour indiquer que j'étais intéressé et j'ai murmuré dans le bâillon:

"S'il vous plaît laissez-moi assister à votre fête, chérie Lucy."

"Très bien Peter, tu seras autorisé à rentrer chez toi et à te préparer pour la fête, mais d'abord nous avons des choses à régler ici et maintenant. Tu n'as pas très bien suivi les instructions, n'est-ce pas? Tu n'as pas laissé de jouets pour notre séance, ton collier est en liberté et je suis aussi excitée que l'enfer. Très mauvaise salope parce que j'ai l'intention d'être trop dure avec toi ce soir pour ça. "

Puis il m'a attrapé par les cheveux et a tiré ma tête en arrière au point où je pouvais imaginer qu'il regardait mon visage bâillonné et les yeux bandés.

«Dans quelques minutes, ma salope, tu ne seras plus aussi désobéissante», dit-il d'une voix profonde et dominante.

Je savais ce qu'il voulait dire et je me suis agenouillé là silencieusement après qu'il ait relâché la tête.

"Premièrement, je dois vous apprendre à toujours respecter et obéir à votre Maîtresse."

Le bruit de ses bottes indiqua qu'il s'était éloigné et bientôt j'entendis quelque chose qui traînait dans ma direction.

Puis je l'ai sentie à côté de moi et j'ai aussi senti que quelque chose était placé devant moi.

Sa main était à l'arrière de ma tête, ouvrant le bandage qui décollait lentement et je clignai des yeux plusieurs fois en m'adaptant à la lumière.

Devant moi se trouvait le côté d'un banc en bois noir qui aurait dû mesurer quatre pieds de long avec une tige en cuir matelassé noir d'environ deux pieds de large

La pièce était maintenant entièrement éclairée et quand j'ai regardé autour de moi, j'ai remarqué tous les articles en cuir et les fouets accrochés aux murs et toutes les chaînes et cordes suspendues au plafond.

Quand j'ai tourné la tête plus à droite, C'ÉTAIT ELLE.

Oh merde, elle est si belle, ai-je pensé.

Elle portait toujours des bottes en cuir noir, mais elle ne portait qu'un petit corset en cuir noir qui couvrait la zone allant de ses hanches juste en dessous de ses seins, et une paire de gants en cuir noir.

J'ai immédiatement commencé à durcir.

«Lève-toi, esclave, appuie-toi sur le banc», ordonna-t-il.

Honnêtement, j'ai essayé de me lever, mais j'étais tout le temps raide sur mes genoux et la chaîne de frein sur mes chevilles a rendu cela impossible.

Peu importe combien il essayait, il tombait toujours à genoux ou tombait d'un côté ou de l'autre.

"Oh putain," hurla-t-elle et je savais qu'elle était en colère contre l'expression de son visage et le ton de sa voix.

Soudain, il a semblé sursauter et a attrapé la bague sur le devant de mon cou.

Merde, ça fait mal, pensai-je en me levant brusquement, me mettant sur le banc et me frappant les chevilles en le faisant.

Quand j'ai gémi, tout ce qu'elle a dit était:

«Habituez-vous à ça, mon garçon! Ce soir sera pire.

Après avoir été jeté sur le banc, il m'a attaché avec une corde de l'anneau sur mon cou à un œillet au bas du banc, de sorte que de ma tête à mes épaules je me suis penché sur le banc.

Du coin de mon œil droit, je pouvais voir Ma Maîtresse ramasser une sangle en cuir qui était accrochée au mur avec de nombreuses autres sangles.

Elle mesurait peut-être trois pouces de large et n'était pas très épaisse, et il était reconnaissant que ce ne soit pas la corde de barbier encore accrochée au mur.

Gifle ... gifle ... gifle.

Elle a jeté la sangle contre mes fesses pendant ce qui me semblait une éternité.

Quand j'ai essayé de bouger pour échapper au mouillage, elle m'a tenu dans mes poignets menottés et a levé les bras pour arrêter mon mouvement.

Finalement, il finit et sa main caressa mes fesses alors qu'il se penchait et me léchait l'épaule.

«Vous devez toujours m'obéir, Peter. Comprenez-vous?

J'ai marmonné un Oui AMA dans mon bâillon alors que je me dirigeais vers le sac de sport sur le sol.

Puis, regardant à travers et pensant qu'il regardait, il a sorti une ceinture en cuir qui avait un gode noir.

Je la regardai alors qu'elle le serrait rapidement autour de sa taille et entre ses jambes jusqu'à ce qu'elle se sente en sécurité et au bon endroit.

Puis elle marchait lentement d'un côté à l'autre en s'assurant que je pouvais voir ce qui allait se passer et se tenait devant moi.

Passant ma tête dans mes cheveux, elle a apporté le gode à mon bâillon.

"Esclave, j'ai choisi le plus petit gode avec lequel je dois te baiser. J'espère que tu apprécies mon geste. MAINTENANT, suce-le pour qu'il soit bien préparé et mouillé. J'utiliserai aussi un lubrifiant pour que tu puisses profiter de ce moment. Notre premier ensemble."

Alors qu'elle mettait lentement le gode dans le trou du bâillon, j'ai essayé de le tenir dans ma langue du mieux que je pouvais, puis je l'ai encerclé pour l'humidifier.

Le sucer était hors de question, mais il savait que ce serait une exigence à l'avenir; peut-être même ce soir.

La dame a ensuite sorti son jouet de ma bouche et s'est levée, où elle a ouvert la chaîne de mes chevilles et a étendu mes jambes jusqu'à ce que je pensais que je me séparerais en deux.

Puis je sentis ses mains gantées défaire la sangle qui passait entre mes jambes.

Elle a écarté mes fesses en pénétrant lentement dans mon territoire inexploré.

"Oh ouais," hurla-t-il à plusieurs reprises alors qu'il se poussait vers moi puis commençait à me baiser sérieusement maintenant avec une main sur chacune de mes hanches.

Je n'y avais pas prêté attention avant, mais maintenant je me suis rendu compte que ma bite était dure et qu'elle était frottée contre le banc pendant que mon amant me baisait.

Elle a également remarqué ma croissance et une main est allée à ma bite en la serrant fort.

«Oh, petit jouet. Il nous plaira tous ce soir, mais souviens-toi que si tu viens, tu vas devoir le lécher. Oh oui, petite salope, bon sang, oh, très bien.

Puis, au bout de quelques minutes, il s'est retiré de moi et m'a tenu sur les épaules tout en posant sa tête sur mon dos.

Sa respiration était très rapide et il savait qu'elle était heureuse.

"Tu es à moi Peter, tout à moi, ne me quitte jamais. Je t'ai cherché toute ma vie."

Après qu'elle m'ait détachée, je me suis agenouillée devant elle et l'ai regardée se déverrouiller et sortir tout ce qu'elle avait apporté en tant qu'esclave.

Quand j'étais totalement nue, j'ai assumé la position d'esclave et l'ai regardée alors qu'elle se dirigeait vers une autre armoire et sortait un sac de velours noir.

Elle est revenue et s'est tenue devant moi.

"Peter, ce sac contient tout ce que vous devriez porter ce soir. Vous ne devriez rien porter d'autre à partir du moment où vous quittez votre maison et votre voiture sera fouillée pour s'assurer que vous avez obéi. Vous pouvez également être suivi par un de mes amis. De votre maison à la fête, mais vous ne le saurez jamais, donc vous devez être prévenu. Vous ne devez pas ouvrir le sac avant 17h00 et vous devez entrer dans le garage à 18h00 exactement hâte et attendre jusqu'à Quelqu'un vient pour vous. Maintenant, vous allez vous habiller, vous rentrerez chez vous, vous vous reposerez, vous mangerez un repas léger et vous nettoierez votre corps à l'intérieur avant de vous habiller pour la fête. Oh, et autre chose, vous ne vous raserez pas seulement le visage, mais aussi le reste de votre corps. Seuls les cheveux sont autorisés sur le dessus de votre tête, vos sourcils et vos cils. Comprenez-vous ce que vous attendez de vous mon esclave ou dois-je le répéter? "

«Je comprends Maîtresse Lucy.

"Très bien Peter. Maintenant, levez-vous."

J'ai obéi et soudain elle était proche de moi.

Je pouvais sentir ces seins fantastiques sur ma poitrine; sa chaleur était charmante et son geste était totalement inattendu.

Doucement, il mit une main derrière ma tête et la porta à la sienne jusqu'à ce que nos lèvres se rencontrent, puis se séparèrent alors que nos langues se battaient et que nous nous tenions les uns les autres alors que nos corps essayaient de ne faire qu'un.

Alors qu'il s'éloignait, il remarqua ma bite au garde-à-vous et sourit.

"Oh Peter, encore une chose. Ne jouez jamais avec vous-même sans permission! Maintenant, allez et préparez-vous pour la fête."

CHAPITRE III

J'ai vérifié à nouveau ma montre pour ce qui semblait être la millionième fois au cours de la dernière heure et j'ai finalement pensé qu'il était presque temps d'ouvrir le sac.

Tout avait été fait comme l'avait ordonné Lucy.

Ce n'était qu'un court trajet de huit kilomètres de sa maison à la mienne, ce qui était surprenant puisque nous ne nous étions jamais rencontrés auparavant.

C'était notre première vraie rencontre qui était allée beaucoup plus loin que ce à quoi je m'attendais et je savais que j'étais amoureux d'elle et qu'elle me laisserait faire ce que je voulais.

Mon Dieu, j'étais excitée, mais je me suis assise là et j'essayais d'obéir à son ordre de ne pas jouer avec moi sans sa permission.

Normalement, après la matinée qui venait de s'écouler, ma main droite jouait avec tout, mais ce ne serait pas le cas maintenant.

Là, enfin, il était cinq heures de l'après-midi et je dénouai le cordon de serrage sur le dessus du sac de velours noir que la dame m'avait offert.

Mon rythme cardiaque a semblé doubler en prévision de ce que je devais trouver et j'ai fermé les yeux en cherchant dans le sac.

J'ai senti la froideur du métal et la chaleur du cuir et du caoutchouc alors que ma main attrapait tout dans le sac et le jetait sur le lit.

Là, au lit, il y avait tout ce que je devais porter cette nuit-là, composé d'un collier, d'un petit harnais et d'un tube de lubrifiant avec un plug anal.

Dieu merci, il était petit, ai-je pensé en le voyant.

Immédiatement, j'ai commencé à m'habiller en prenant d'abord le collier et en déterminant comment je pensais qu'il devrait être porté.

Il était similaire à celui qu'il avait été plus tôt dans la journée, sauf qu'il ne mesurait que deux pouces de haut et avait trois anneaux en D attachés: un devant et un de chaque côté.

J'avais attaché un cadenas ouvert et, sachant comment cela fonctionnait, je l'ai mis tout de suite et l'ai attaché aussi fort que possible sans m'étrangler, puis j'ai attaché et fermé le cadenas tout en me regardant dans un miroir pour ne pas faire d'erreur.

Puis j'ai regardé le harnais dans différentes positions et je l'ai finalement découvert.

Je garderais à la fois le plug anal en place, ainsi que mes privations, puisque ce putain de petit cockring était de nouveau là.

Je me suis tenu devant le grand miroir de ma chambre et j'ai remarqué que depuis que j'avais rasé tous mes poils pubiens, ma bite était deux fois plus grosse, même lorsque j'étais suspendue mollement.

J'ai mis un sourire sur mon visage et espéré que Ma Maîtresse était également heureuse quand elle m'a revu.

Le harnais était similaire au harnais de sécurité qu'il avait porté plus tôt dans la journée.

Il devait être porté au niveau de la hanche et avait deux sangles repliables de chaque côté reliées à un anneau métallique à l'avant et à l'arrière.

J'ai attaché ces sangles solidement et ensuite je suis allé à la partie difficile en poussant d'abord mes couilles, puis ma bite à travers ce foutu anneau que je savais que Lucy avait placé trop petit.

Quand je les ai fait glisser à travers l'anneau, je me suis de nouveau regardé dans le miroir et j'ai pensé à quel point cela était beau.

Cela devrait être le succès de la fête.

Mes genoux ont commencé à trembler un peu quand je pensais à ce que je devais faire ensuite, car ce serait la première fois que je porterais un plug anal.

J'ai pris le lubrifiant et mis une quantité suffisante sur l'extrémité que j'ai immédiatement frotté dans le trou de mes fesses et à son ouverture initiale.

Ensuite, j'ai mis autant de lubrifiant que possible sur le bouchon et j'ai écarté les jambes, je me suis un peu accroupi et je l'ai mis lentement sur mes fesses.

Le bouchon avait une base plate qui l'empêchait de me sucer complètement et un excès de lubrifiant suintait autour.

Cela est entré plus facilement que je ne l'avais pensé et j'ai attrapé un mouchoir en papier et essuyé l'excès de lubrifiant avant de retirer la sangle du harnais de l'anneau pénien entre mes jambes et de la boucler sur l'anneau arrière.

Le harnais avait un sac pour le plug anal, mais comme je l'avais remarqué trop tard, je l'ai juste laissé s'enrouler autour de la crosse en espérant qu'il tiendrait mes fesses serrées.

J'ai vérifié l'heure et réalisé qu'il était temps de partir et c'est à ce moment-là que j'ai réalisé que j'allais conduire presque nue et je me suis dit de ne pas enfreindre les règles de la circulation ou que je devrais donner des explications.

J'espérais que personne ne me dépasserait ni ne s'arrêterait à mes côtés.

Mon garage avait une entrée directe de ma maison et avec l'ouvre-porte de garage automatique, j'étais convaincu que mes voisins ne remarquaient rien d'inhabituel.

Dieu merci pour les vitres teintées.

J'ai posé une serviette sur le siège du conducteur et mon portefeuille et mon permis étaient déjà dans la boîte à gants lorsque j'ai vérifié la liste de contrôle dans mon esprit.

J'aurais aimé que ce soit l'hiver et que tout soit sombre, mais c'était une chaude journée d'été et l'obscurité ne viendrait pas encore avant 3 heures.

Puis je me suis éloigné de la maison après m'être assuré que le garage était fermé.

Qu'est-ce que je fais, ça ne fait que des heures depuis notre première rencontre, pensai-je en rentrant lentement à la maison en regardant le trafic et en le sentant se connecter en moi.

Je vérifiais continuellement le rétroviseur pour la police et toute autre personne qui me suivait.

Il n'y avait pas de police en vue, mais il semblait y avoir une petite voiture de sport noire qui me suivait de loin, mais je n'en étais pas absolument sûr.

Ah, je l'ai fait!

Je n'ai crié après personne, mais presque, quand je suis entré dans l'allée et que je suis allé au garage.

Quand je suis entré dans le garage, j'ai réalisé que j'avais presque cinq minutes à faire et, ne sachant pas quoi faire, je me suis juste arrêté là où j'étais censé aller et j'ai coupé le moteur.

Je me suis assis là à penser et à me convaincre que tout allait bien.

J'ai enlevé ma montre et l'ai placée sur le siège à côté de moi.

La porte du garage s'est fermée derrière moi et mon cœur a commencé à battre plus vite avec le durcissement de ma bite.

Puis je me suis assis dans la chaleur de mes mains sur mes cuisses en attendant ce qui me semblait être une éternité.

J'entendis la porte de la maison s'ouvrir et, en regardant l'horloge sur le siège, je vis que cinq minutes s'étaient écoulées.

Cela a dû être l'excitation parce que je me suis retourné pour voir une femme franchir la porte et se diriger vers moi.

Elle avait la taille d'une Amazone, mais elle n'était pas grosse, elle était juste grande, de ma taille, pensai-je, très attrayante, des cheveux bruns rassemblés en tas sur le dessus de sa tête comme une queue de cheval floue égarée.

Et la salope avait la plus grosse paire de seins qu'elle ait jamais vue.

Attends une seconde, ai-je pensé.

Je l'ai déjà vu.

Elle travaille au magasin d'alcools.

Je la regardai alors qu'elle s'approchait de la porte et l'ouvrit par réflexe pour la saluer.

"Sortez votre putain de main et regardez droit devant vous. Vous êtes un esclave! Asseyez-vous et obéissez." Elle a commandé.

J'ai immédiatement enlevé ma main de la porte et je me suis assis là à essayer de revoir ce qui venait de se passer.

Elle doit être une maîtresse.

Elle doit être obéie, ai-je pensé.

La porte s'ouvrit complètement et je regardai vers la gauche sans bouger la tête et me retrouvai à regarder un bel ensemble de cuisses.

Sa chatte non rasée était recouverte d'un tissu rouge qui faisait un quart de la taille d'un foulard facial et était suspendue à une fine ficelle dorée à ses hanches.

Il portait un collier en cuir autour du cou qui faisait moins d'un pouce de haut et sur lequel était inscrit Esclave en lettres dorées.

"Tu aimes ce que tu vois dans le cul? Je t'ai dit de regarder droit devant toi."

"Oui madame. Désolé madame." J'ai répondu.

Gifle ...

Elle m'a menotté sur le côté de ma tête avec sa main droite.

«Je ne suis pas une femme, mais vous devez m'obéir jusqu'à ce que je fasse mes devoirs. Vous pouvez me désigner comme Cindy ou Cindy esclave. Comprenez-vous? elle a demandé.

"Oui, esclave Cindy. Je te comprends salope!"

"Oh, l'esclave est devenu fou," gloussa-t-il, ajoutant: "Tu ne riras pas de sitôt, mon garçon. As-tu déjà servi à une fête?"

"Non, c'est mon premier jour avec Lucy." J'ai répondu

Slap ... cette fois sa main atterrit sur ma bouche.

«Ce n'était rien comparé à ce qui est à venir. Elle ne s'appellera Mme Lucy que si elle est en public. Comprenez-vous?

«Oui, esclave Cindy. J'ai répondu et j'ai hoché la tête pour l'indiquer.

Il a ensuite saisi l'anneau en forme de D sur le côté gauche de mon cou et a montré sa force, me tirant rapidement et brusquement de ma voiture et tenant l'anneau au niveau de la taille lorsqu'il a fermé la portière.

J'avais oublié le bouchon sur mes fesses, qui commençait à me faire un peu mal, et j'ai poussé un gémissement pour l'indiquer, ce qui n'a fait que faire à Cindy un mouvement de secousse dans le cou pour me dire de le laisser tomber.

Tandis que je la frôlais, je sentis sa douceur, sentis son odeur, et pendant une seconde, je pensai lui sauter dessus, mais une traction sur mon cou fit sortir ces pensées de mon esprit.

Il y avait une porte à l'arrière du garage, qui s'est ouverte et m'a conduit à travers.

Nous sommes entrés dans ce qui ressemblait à une buanderie qui avait des tondeuses à gazon et des choses comme ça d'un côté et une salle de gym intime de l'autre.

Il y avait une fenêtre qui donnait sur un très grand, beau jardin privé, que je découvrirais bientôt, englobant tout l'arrière de la maison et la propriété.

C'était extrêmement privé et donnait sur le lac depuis sa terrasse, qui était à environ trente pieds au-dessus du rivage.

Il n'y aurait pas de voisin au loin qui puisse entendre quoi que ce soit.

«Penchez-vous et posez vos mains sur le banc», ordonna-t-il, puis ordonna à nouveau, «écartez les jambes de trois pieds.

Une courte chaîne de banc avec un mousqueton était attachée au collier pour me rappeler que je ne devais pas bouger.

Cindy a ensuite écarté mes jambes et débouclé l'arrière du harnais pour lui donner accès au plug anal.

"Je t'ai vu au magasin d'alcools du centre commercial," dis-je.

Gifle ... gifle ... gifle.

Cindy a mis sa main durement sur mon cul.

"Idiot, nos vies privées sont nos vies privées et ne devraient jamais être discutées à aucune de vos réunions avec un Amant ou à aucune réunion du Groupe Pain Pleasure. Comprenez-vous cela, Peter?"

"Oui Cindy, je comprends. C'est le groupe de ce soir, Pleasure of Pain?"

"C'est comme ça que ça s'appelle, Pleasure of Pain, et tu ne devrais jamais en prendre note ou en parler dans ta vie privée."

Soudain ... "Agggggggggg," grognai-je en retirant le plug anal sans prévenir.

"Vous les débutants, vous n'avez jamais bien compris", dit-il en tenant la casquette devant mon visage. "Il est censé aller d'abord dans le sac du harnais et ensuite dans votre anus. Comme ça."

"Agggggg" ... putain ... elle l'a percuté exprès, ai-je pensé.

Après avoir refermé le harnais, aussi brusquement que possible, l'esclave Cindy a libéré la chaîne de mon collier et m'a soulevée.

En regardant sa montre, il a dit:

"Nous manquons de temps à cause de ta stupidité. Prends deux poids de vingt livres et fais des pompes jusqu'à ce que je te dise d'arrêter."

"Hé," répondis-je, puisque je ne comprenais pas du tout cela.

"Espèce d'idiot, dois-je tout faire pour toi?"

Puis il est allé à une étagère, qui était située sous la fenêtre, et a sorti deux poids de vingt livres comme s'il s'agissait de plumes et a fait des pompes pour moi.

Je pouvais sentir mon visage rougir de la stupidité de mes commentaires.

Une fois qu'il m'a donné les poids, j'ai immédiatement commencé à faire des pompes, mais je me suis demandé pourquoi il faisait ça.

"Pourquoi diable est-ce que je soulève des poids? Je pensais que j'étais ici pour une fête?" Dis-je à Cindy alors qu'elle s'éloignait de là où j'étais.

Quel beau cul elle a.

Elle est peut-être un peu potelée, mais je parie qu'elle est fantastique, j'ai pensé.

Il s'arrêta et se tourna pour me regarder et dit:

"Es-tu stupide ou quoi? Ta maîtresse veut présenter sa nouvelle esclave ce soir et s'attendre à ce que son esclave ait un corps parfaitement tonique. Tu ferais mieux de faire un bon spectacle ce soir, Peter ou il ne sera pas admis comme membre à part entière du Groupe . Compris? Et arrêtez de me regarder! Je suis aussi l'esclave de Mme Lucy. "

Merde, une autre salope soumise, ai-je pensé.

Alors que je continuais à travailler sur mon corps, essayant de redonner vie à mes abdominaux et pectoraux, Cindy sortit une grande bâche bleue d'un placard et la plaça au centre de la pièce, sur le sol, juste devant une porte de garage. à la cour.

Il s'occupa de placer deux bouteilles devant la toile, puis une tonne de corde de chaque côté, puis de l'autre côté de la pièce, il souleva ce qui ressemblait à un gros morceau de bois du sol et le posa sur le sol.

Le dos de la toile.

Je me suis rendu compte qu'il n'était pas léger, car au début il semblait que je luttais un peu avec, mais cela montrait à quel point il était fort en le soulevant facilement une fois que j'avais le contrôle.

Dieu, il me trompe, ai-je pensé.

Une belle femme pleinement disposée avec une force incroyable.

Je commençais à ralentir mon entraînement à la fois par manque d'entraînement et en me concentrant sur le bois que Cindy avait placé sur le tapis.

Ce n'était pas rugueux, mais on aurait dit qu'il avait été poncé et fini avec un vernis.

Un gros boulon au milieu d'une surface était la seule chose qui perturbait la douceur de la pièce, qui semblait mesurer quatre pouces sur quatre pouces et environ six pieds de long.

Une fois que Cindy a tout mis en place, elle s'est approchée de moi et m'a vu lutter avec les poids, qui semblaient déjà peser environ dix fois plus que lorsque j'ai commencé à faire de l'exercice.

Elle a ri et a passé une main douce sur ma poitrine et mes abdominaux.

"Mmmm ... d'accord garçon. Es-tu prêt à arrêter?"

"Oh s'il te plait oui, je ne peux plus continuer avec ça. Mes bras semblent prêts à se détacher et mes biceps sont en feu," répondis-je.

"Ha ha ha ... Ok, arrêtez! Baissez les poids et placez-vous au milieu du tapis, devant la porte. MAINTENANT!"

J'ai posé doucement les poids et j'ai sauté au milieu du tapis.

Debout là, je pouvais voir les jardins car la porte avait 2 petites fenêtres.

Merde, je peux même voir le Maine de l'autre côté du lac.

Cela semblait être une journée chaude et belle à l'extérieur, mais cette chambre était climatisée et nous empêchait de transpirer.

"Écarte les bras, salope et écarte les jambes! Tiens cette position et ne bouge pas!"

«Tu dois m'insulter, Cindy? Tu ne peux pas m'appeler Peter?

"Je te prépare mentalement à être le fêtard et je n'apprécie vraiment pas que quelqu'un essaie de me voler ma Maîtresse," répondit-elle, cherchant l'une des bouteilles.

Oh, elle est jalouse!

Il s'est retourné derrière moi et a commencé à frotter le contenu de la bouteille sur mon dos.

Bon sang, ça sent la piña coladas, me dis-je alors que ces mains douces me frottaient le dos.

Puis ils ont retrouvé mes fesses et elle les a pincées avec un petit rire.

Puis elle a continué à abaisser mes jambes vers le bas.

"Au cas où vous vous poseriez la question, esclave, notre Maîtresse pensait que vous feriez une bonne impression sur les autres si vous étiez tous huilés et c'est ce que je mets maintenant et c'est un bon avant-goût de l'été, vous ne pensez pas? Hmm ... vous la peau est belle, douce et lisse. Vous aimerez ça ... mmmmm "

Puis il a complètement recouvert mes bras tendus d'huile jusqu'au bout de mes doigts.

Après l'avoir frottée sur les côtés de ma poitrine, la bouteille s'est vidée et elle a pris la seconde.

Cette fois, elle frotta doucement les muscles de la poitrine nouvellement tonifiés et je pouvais voir le regard dans ses yeux et je savais qu'elle me voulait.

Sautant sur ma bite et mes couilles, elle a fini mes jambes puis s'est agenouillée et a saisi ma bite fermement, la serrant jusqu'à ce que je gémisse.

Puis j'ai vu ses lèvres sur mon membre alors qu'il suçait légèrement le bout.

C'était juste le mouvement normal d'un homme excité quand j'ai mis une main à l'arrière de sa tête quand ma bite s'est durcie et je l'ai mise dans sa bouche.

Sa réaction a été rapide lorsqu'il m'a mordu un membre et a frappé mes œufs avec sa main droite.

Tout ce dont je me souviens, c'était de hurler aussi fort que possible: Oh merde! quelques fois, puis entendez la sonnerie du téléphone.

Accroupie sur mes mains privées, Cindy a répondu au téléphone.

"Oui madame, désolé madame. Vous avez essayé de me faire une fellation pendant que vous la huiliez. Oui madame, je vais vous dire oui, nous le ferons. Oui madame." c'est ce que je l'ai entendu dire au téléphone.

"Eh bien Peter, les dames ne sont pas satisfaites de tout le bruit que vous avez fait et en conséquence vous recevrez soixante-quinze cils au lieu des soixante que vous méritiez la veille. Et la meilleure chose est que je vais en donner quinze pour votre performance maintenant, alors crie encore si tu veux. Quand on quitte cette pièce pour la fête, la maîtresse veut ta putain de bite aussi dure qu'une putain de tige d'acier et veut que tu te bats à mesure que nous nous rapprochons. Comprends-tu, esclave ? "

"Oui, je comprends," claquai-je en regardant ma bite et mes couilles douloureuses.

Allons-y.

Se lever.

Serrer.

J'ai essayé de la vouloir en érection, mais je n'ai pas eu beaucoup de succès.

Cindy s'agenouilla devant moi et passa doucement ses mains douces et huileuses sur ma bite et mes couilles pendant ce qui me parut une minute ou deux.

Rien qu'en la regardant graisser tout et en la faisant caresser mon membre, la vie y est revenue.

Elle parut soulagée quand elle eut fini de graisser mon corps et de poser la bouteille.

«Mets-toi à genoux, mon garçon! Rapidement, nous étions presque en retard!

Ce faisant, elle est allée derrière moi et sur ce morceau de bois, elle a commencé à attacher des morceaux de corde à différents endroits, de sorte qu'il y avait environ un pied de corde suspendue aux deux extrémités de chaque corde à chaque endroit, d'où J'ai compté huit quand j'ai regardé par-dessus mon épaule pour voir ce qui se passait.

Puis soulevant le bois, grognant sous le poids, il le souleva au niveau de mes épaules.

C'était un joug! Il devait être traité comme un morceau de viande.

"Inclinez votre tête un peu esclave et étendez vos bras vers moi. Cela peut sembler lourd, alors préparez-vous."

Je l'ai fait et j'ai immédiatement trouvé le poids si inconfortable et si instable que la pièce s'est renversée et que l'extrémité gauche reposait sur le sol.

"Oh, pour l'amour du ciel, Peter! Es-tu un faible ou quoi? Tu es un putain de connard, non?"

Il a rapidement attaché la corde autour de mes bras en commençant par la corde la plus proche de mon torse sur mon côté droit jusqu'à ce que les 4 se resserrent autour de mon bras.

J'ai essayé de tordre mon bras pour le libérer, mais le seul mouvement disponible était de ma main.

«Maintenant, fais attention à chaque fois que tu remets ta tête en arrière, mon garçon, car il y a un boulon dans le bois juste derrière ta tête. Maintenant, écarte les genoux pour que je puisse équilibrer ça!

Tout en obéissant, il alla sur le côté gauche et, tenant le bois et le bras en dessous, il le tira et le balança sur mes épaules.

Il a ensuite attaché la corde tenant mes bras en place en 4 sections différentes similaires au côté droit.

Oh merde, ça fait mal, pensai-je en sentant tout son poids, ainsi que le plug anal qui avait pris vie et qui devait m'arracher les entrailles.

Je gémis et gémis un peu, ce qui semblait ravir l'Amazone.

"D'accord, voyons si je peux vous aider à vous lever tout seul, au lieu d'utiliser le palan." Il a dit que quand il a commencé à me lever et que j'ai suivi son exemple en réarrangeant mes genoux puis en me levant.

Ignorant la douleur à la fois à l'intérieur et sur moi, je me suis levé.

Aha, qui est le faible maintenant, salope?

Cindy a ramassé la bouteille d'huile à nouveau, puis s'est pressée contre moi pour que je puisse sentir ses énormes seins contre mon corps et bientôt ma bite était à la recherche d'une partie d'elle-même.

«Veux-tu me ramener à la maison plus tard, Peter? J'ai besoin que tu me ramènes et je vais en valoir la peine.

Voulait-elle dire ça ou joue-t-elle avec moi?

Cela n'avait pas d'importance car cela avait l'effet désiré de me rendre dur et érigé au point que je savais que c'était l'érection la plus dure que j'avais eue ce jour-là.

Puis il a touché un peu tout mon corps pour s'assurer que tout était en place.

Après avoir fini sur ma bite, Cindy a gémi à ce qu'elle a vu.

Puis il posa la bouteille et alla chercher la corde.

J'avais deux boucles de corde enroulée, qu'il a placées de chaque côté de moi.

Ce n'était pas comme l'épaisse corde en nylon qui maintenait mes bras en place, mais plus petite qu'une corde à linge.

Deux fois, en pleine force, il a attaché une extrémité de chaque corde enroulée à l'un de mes pouces, resserrant les nœuds jusqu'à ce que je gémisse à chaque fois qu'il le faisait.

Il déroula chaque section de ficelle et les tenait comme des rênes.

«Maintenant, quand ils nous appelleront à la fête, je vais vous attirer vers eux et je veux que vous vous battiez pour les dames, mais pas si fort que vous tombiez. Nous voulons que vous vous battiez pour que tout le monde soit excité. Comprenez-vous Peter? Oh, merde, presque Je l'oublie. "

"Oui Cindy, je comprends. Je suis l'animal sauvage en laisse." J'ai répondu en la regardant courir vers un meuble d'où elle a sorti un morceau de chaîne et, bon sang, non, des menottes en acier.

Elle a tiré sur un élastique qui maintenait la clé de la manchette sur son poignet droit alors qu'elle courait vers moi.

"Vite Peter, rassemble tes pieds!" Elle a commandé et je savais que le spectacle était sur le point de commencer.

Il se pencha et mit ses menottes sur chaque cheville, les mettant en place.

Le déclic de chaque serrure semblait aussi fort qu'un cri.

Quand il s'est agenouillé devant moi, il a mis ma bite dans sa bouche et a sucé fort pendant quelques secondes que je souhaitais durer éternellement.

«C'était pour te remonter le moral davantage», dit-elle, bricolant mon corps avec l'huile dans sa bouche.

Au moment où il se levait, la porte du garage s'est ouverte et un souffle d'air chaud a frappé nos corps.

Cindy ajusta le morceau de tissu rouge qui tentait de couvrir sa chatte sans grand succès et s'assura que son collier était correctement aligné.

«Prêt Peter?

"Allons-y, putain de salope!" J'ai répondu.

Il me fusilla du regard puis ramassa les deux cordes attachées à mes pouces, les resserra et me sortit, luttant contre le soleil de l'après-midi.

CHAPITRE IV

"Merde ... Arrête de tirer si vite," murmurai-je à Cindy.

Puis les rênes de mon joug se relâchèrent et je remarquai que Cindy s'était arrêtée alors qu'elle tournait à gauche vers la Fiesta et regardait les trois mâles qui approchaient, chacun avec un rouleau de corde ou des lanières de cuir.

Ils étaient nus, à l'exception d'un petit pagne en cuir qui recouvrait leurs parties intimes.

Tous les trois avaient à peu près ma taille et mon âge, et chacun portait également un collier identique à celui que je portais.

"Nous allons le faire sortir d'ici, esclave Cindy. Vous devez vous présenter à l'esclave Ken tout de suite", a déclaré l'un d'eux.

"Non, il n'est pas encore prêt pour ça. Peter, je ne savais pas! Cours! Sors d'ici! Maintenant!" Cindy m'a supplié.

J'ai commencé à me retourner pour partir, mais deux des esclaves mâles m'avaient déjà rattrapé et se sont accrochés à la corde attachée à mes pouces.

Bien qu'avec la chaîne verrouillée sur mes pieds, je n'aurais pas réussi à faire cinq pas de toute façon.

Au loin, j'ai remarqué un groupe de femmes observant de près la situation dans laquelle je me trouvais et à l'avant du groupe se trouvait Mme Lucy.

Puis j'ai réalisé que Cindy marchait, non, elle s'enfuyait la tête baissée et je pense qu'elle pleurait.

Dans quoi me suis-je embarqué?

Quel imbécile je suis.

Puis ma situation et ceux qui m'avaient ramené à la réalité.

Salutations, esclave Peter, je suis l'esclave James et ces deux messieurs sont les esclaves Bob et Frank. S'il vous plaît, ne nous posez pas de problème, Peter, et alors il n'y aura pas de problème pour vous. "

"Pourquoi ne vas-tu pas te faire foutre? Laissez-moi tranquille! Je n'ai pas discuté de tout ça avec Mme Lucy, donc je suis hors d'ici," hurlai-je à celui qui s'appelait James.

"Tiens-le bien," dit James aux autres sans même me regarder.

Puis il a attrapé la tige de mon pénis qui était tout sauf dressée, a tiré dessus et a glissé un petit nœud de corde qui se resserrait juste derrière sa tête.

Puis il a tiré sur la corde si fort que j'ai poussé un long et fort cri.

"Ça fait mal à toi salaud, enlève-le, enlève-le!" J'ai crié et combattu de toutes mes forces.

Quand je l'ai fait, j'ai regardé à travers la pelouse et j'ai remarqué que les femmes regardaient tout en buvant un verre de vin.

Il semblait que d'autres esclaves nus étaient là, probablement en tant que serviteurs, et ils surveillaient tout aussi.

"Pour votre connaissance, c'est Mme Lucy qui a ordonné cette situation. Vous devriez être fier, car cela ne s'est jamais produit le premier jour et si vous le surmontez, elle deviendra membre du Groupe Elite avec tous les droits. Maintenant, vous divertirez et vous plairez aux autres en vous battant. Considérez-nous simplement comme vos frères esclaves qui sont ici pour vous aider ce soir, ha ha. Et nous regrettons vraiment ce qui est sur le point de se passer. Ok les gars, enlevez la corde de vos pouces et mettez les sangles collier. Je dois prendre le rookie et à moins qu'il ne veuille perdre le bout de sa queue, il se comportera. "

Oh mon dieu, qu'ai-je fait

Que vas-tu me faire?

J'ai regardé chacun de mes ravisseurs en espérant que cela les ferait se sentir comme de la merde, mais tout ce que j'ai fait était de les énerver et ils ont tiré sur les sangles que chacun avait sur moi.

Les trois se regardèrent, hochèrent la tête et se tournèrent vers les dames, tombant sur un genou, tête baissée, chacune tenant sa sangle en l'air avec sa main droite.

J'ai regardé mes trois ravisseurs et je me suis demandé ce qui se passait.

James était devant moi tenant la sangle du collier et Bob à ma gauche avec Frank à ma droite, chacun tenant les sangles du cou.

Environ cent pieds en ligne droite, sous un grand auvent pour les protéger du soleil flamboyant, les Dames avaient placé une rangée de chaises dont deux à l'avant occupées par Mme Lucy et une autre Afro-américaine.

Toutes les dames portaient une petite robe noire simple similaire avec des accessoires dorés et des bottes noires.

La femme à côté de Lucy se leva, se retourna et fit signe à un esclave agenouillé, lui faisant signe de se rapprocher.

Une grande esclave, bien bronzée et huilée, aux longs cheveux noirs raides, se leva et se tint la tête penchée devant Mme Lucy et la dame noire.

Chacune des deux dames lui a donné un objet qu'elle tenait dans chaque main, puis s'est retournée et s'est dirigée vers nous.

Oh mon Dieu, elle est belle aussi, ai-je pensé, et en la comparant à Cindy, j'ai remarqué qu'elle était de la même taille, mais en bien meilleure forme, tout cela accentué par sa peau bronzée et huilée.

Puis je l'ai reconnue.

Elle était la conseillère juridique de la tribu autochtone locale des Premières nations et elle-même était une Amérindienne.

En regardant autour de moi, j'ai réalisé que seule cette femme, quelques esclaves agenouillés, et moi étions huilés.

Aucun de mes ravisseurs ne l'était.

"Oh merde, ami foutu. C'est Angela. Elle vous coupera les couilles si vous lui donnez du fil à retordre," dit Bob.

"Je suis désolé Peter, mais il vaut mieux que ce soit vous que nous," dit James, avec Frank également d'accord.

J'ai regardé la femme qui s'est approchée de nous avec un air de confiance et un sourire sur son visage.

Elle portait également un morceau de tissu rouge, qu'elle essayait de cacher son entrejambe mais ne couvrait pas du tout, et une chaîne en or qui la tenait autour de ses hanches et rien de plus que des chaussures ou des boucles d'oreilles, et elle portait également beaucoup de maquillage comme Cindy.

J'ai remarqué que dans sa main droite il tenait un fouet brun et dans sa main gauche il y avait quelque chose qu'il ne pouvait pas voir.

Quand elle s'est rapprochée, j'ai commencé à reculer puis j'ai commencé à me débattre avec les sangles attachées, ce qui a obligé mes trois ravisseurs à se lever et à me maintenir en place en me tirant vers l'arrière.

«Lâchez ces foutues cordes, salauds. Lâchez-moi! Laissez-moi sortir d'ici! Pour l'amour de Dieu, les gars, vous allez me laisser sortir maintenant.

J'ai crié ça aussi fort que possible et j'ai réalisé qu'Angela courait maintenant vers nous, les cheveux noirs dansant derrière elle et nous rattrapant presque déjà.

Le soleil brûlant semblait éblouir sa peau huilée, ce qui était ridicule de penser au lieu d'essayer de trouver une échappatoire à ma situation difficile.

"Ouvre la bouche, mon garçon," dit-elle d'une voix profonde et forte en attrapant mon bras gauche, "Nous ne voulons pas que les voisins écoutent maintenant, n'est-ce pas?"

"Putain de salope noire, je veux sortir d'ici et maintenant!"

J'ai tout de suite compris que je n'aurais pas dû dire quoi que ce soit, surtout à cause des étiquettes désobligeantes de son origine africaine, mais elle a juste souri à mes commentaires.

"Continuez comme ça et vous êtes mort, putain de viande," murmura-t-il dans mon oreille gauche. "Maintenant, ouvre ta putain de bouche, mon garçon," hurla-t-elle en faisant un signe de tête à James.

La douleur d'un tiraillement dur sur la sangle de sa queue, ainsi qu'Angela tirant ma tête en arrière à travers mes cheveux pour que ma tête heurte le boulon dans le bois me fit hurler la bouche ouverte.

C'est alors qu'elle a inséré un grand morceau de cuir tressé dans ma bouche, qui s'est immédiatement replié derrière ma tête en un nœud le plus rugueux possible.

"Comment va cette salope?" aboya-t-elle.

Du mieux que j'ai pu, j'ai répondu par le bâillon et j'ai dit:

"Va te faire foutre, sale salope! Sors de moi ce truc! Je veux sortir d'ici," et bien que ma réponse sonnait comme ... Hmphhh ... hmphhh ... hmphhh, la signification de cela lui était reconnaissable. alors que sa main ouverte se serrait en un poing alors qu'il essayait de contrôler la situation.

«James, donne-moi la sangle de ceinture, puis attrape tes deux petits amis et leurs sangles et va te faire foutre ici, Mme Lucy et Mme Samantha ont changé d'avis sur le divertissement, pour être juste envers Peter, cela n'a jamais été discuté. avec lui, »ordonna Angela.

"Mais je ..." bégaya-t-il et y réfléchit mieux.

Il fit un signe de tête à ses deux assistants et ils commencèrent tous les deux à marcher vers le reste du groupe.

Angela s'est tournée vers le groupe de dames et a levé son bras gauche avec une main ouverte pour indiquer 5 minutes.

Puis il s'est tourné vers moi et a attrapé l'anneau en D sur le devant de mon cou, qu'il a tiré et m'a traîné vers la buanderie qu'il avait laissée avec Cindy il y a quelques minutes.

Elle m'a remis sur le tapis et est allée dans un placard chercher une autre bouteille d'huile corporelle, qu'elle a rapportée et s'est tenue devant moi.

"Maintenant Peter, il ne nous reste plus que quelques minutes, alors laissez-moi vous mettre au courant. Votre Maîtresse a augmenté le pari initial pour ainsi dire et vous a offert comme ticket pour passer rapidement à un état Élite dans le Plaisir de la Douleur. Avez-vous Avez-vous accepté d'être son esclave, Peter? Avez-vous accepté d'assister à la fête en tant qu'esclave? Dites-le en hochant la tête oui c'est certain!"

J'ai hoché la tête oui.

«Eh bien, ça résout le problème. J'avais peur que ta peur soit réelle, mais tu as signé un contrat avec Lucy et, à partir de ce moment, je ne peux rien y faire. Mais tu vas payer pour tes accès et je vais te faire remplir votre contrat avec votre maîtresse. Savez-vous qui je suis?

J'ai de nouveau hoché la tête, alors elle a détaché la corde de la tête de mon pénis.

"Là, je n'ai pas besoin de cette sangle. Je suppose que ces trois faibles pensaient que ça impressionnerait; ça doit être une question d'hommes. Ça va mieux, Peter? Aimez-vous porter tout le poids du joug sur vos épaules? C'était mon idée." , une fois qu'ils m'ont parlé de vos qualités physiques. J'espère que cela fait très mal, car les commentaires que vous avez faits à mon sujet vous font mal et vous seront renvoyés. "

Il semblait divaguer en posant des questions, mais ne s'attendant jamais à une réponse comme s'il était bâillonné ou secouait la tête, alors j'ai pensé qu'il valait mieux rester ainsi et ne rien faire.

Pendant qu'il parlait, il déboutonna le harnais qu'il portait et tira lentement le bouchon de mes fesses, mais il ne montra aucun souci de sortir mes couilles et ma bite de l'anneau, me faisant crier et mordre le bâillon.

Une fois le bouchon sorti, elle a tout jeté sur la toile.

Ses mains douces passaient sur mon cul, les couilles et doucement sur ma bite, qui était plus que lâche que la sangle qui y avait été attachée.

«Est-ce que ça va mieux Peter? elle a demandé.

J'acquiesçai à la sensation affirmative que mes muscles se détendaient une fois le bouchon enlevé.

Elle rit doucement et dit:

«Eh bien, c'est bien, alors tu ferais mieux d'en profiter pendant que tu le peux parce que j'ai quelque chose d'un peu plus sinistre de prévu pour la série. Et en parlant de ça, on ferait mieux d'y aller ou on est tous les deux maintenant, Peter, juste pour vous savez que le fouet que j'ai est en bouleau qui fournit beaucoup de bruit mais peu de dégâts mais les fouets que d'autres utiliseront sur vous sont pour la plupart en cuir de veau huilé et causent une douleur considérable alors soyez prudent "Mais les deux gars ne laisseront pas de marques permanentes sur ton corps. Tu m'obéiras pour le reste de la nuit, car ce sera plus facile pour toi et tu n'oublieras pas le contrat que tu as passé avec ta Maîtresse. La première chose que je ferai est de te présenter les Dames, les La plupart d'entre eux occupent des fonctions publiques ou professionnelles élevées et, pour le moment, souhaitent que leur identité et leur participation soient tenues secrètes.A la tête de ce Salon se trouve Mme Samantha, qui est assise à côté de Mme Lucy et doit être obéie. à 100%. Il n'y a pas de place pour l'erreur avec elle, fais simplement ce qu'elle dit, Peter. Comprenez-vous Peter? "

J'ai de nouveau hoché la tête, et comme je l'ai fait, j'ai regardé Angela toucher son corps avec de l'huile et une fois qu'elle était sur sa peau bronzée, elle a semblé éclairer la pièce.

Mon membre faible a commencé à reprendre vie en reflétant le plaisir qu'il voyait dans mes yeux de la belle femme en face de moi.

Puis elle est venue vers moi et a commencé à frotter de l'huile sur ma poitrine, mes mamelons et mes abdos.

Puis il a attrapé mon membre et a commencé à le caresser jusqu'à ce qu'il sente l'érection durer un moment.

«C'est dommage que je ne vous ai pas trouvé avant Lucy ou que je ne sois pas celui qui cherche à devenir membre aujourd'hui, car toutes les femmes qui entrent dans Pleasure of Pain doivent entrer comme esclaves d'une Maîtresse jusqu'à ce qu'elles trouvent un esclave masculin et féminin pour les servir. Aurais-tu aimé être mon esclave, Peter? "

Pas sûr de la réponse que je cherchais, j'ai hoché la tête, puis sa main droite a frappé ma joue gauche 3 fois plus fort que l'autre.

Puis elle s'est rapidement placée derrière moi et m'a forcée à faire face à la porte ouverte.

Putain de cochon! Ne montrez-vous pas de loyauté envers votre maîtresse ou essayez-vous juste de m'apaiser? Quel connard vous êtes, Peter! Maintenant, nous sommes prêts à continuer et vous suivrez mes ordres verbaux sans avoir à porter de laisse et n'essayez rien pour l'anticiper. Que va-t-il se passer ou dans quelle direction aller. Si vous désobéissez ou ne faites pas un bon spectacle, j'utiliserai le manche de mon fouet et je ne pense vraiment pas que vous voulez que je fasse ça, car comme je le ferai, cela laissera une marque permanente. ! "

Juste au moment où elle m'a demandé si j'étais prêt, le coup de fouet m'a frappé dans le cul qui a fait le bruit fort promis mais une piqûre étonnamment agréable qui a dû satisfaire ma bite car elle s'est levée encore plus fort qu'avant.

Puis, quand nous étions à l'extérieur du bâtiment, trois autres coups de fouet sont tombés lourdement sur mon dos qui me faisaient mal, me faisant hurler dans mon bâillon et me repousser, mais sans me retourner.

Cette action n'a fait qu'apporter un autre coup à mes fesses et m'a ensuite ordonné de tourner à gauche.

Une fois que j'ai eu fini, il m'a dit de courir, ce qui était impossible depuis que j'étais enchaîné, mais Angela a semblé ignorer cela et a continué à me fesser le dos, le cul et les cuisses alors que je continuais à me battre et à crier à mon bâillon.

«Passez directement à Mme Lucy», ordonna-t-il.

Je levai les yeux entre les coups et en même temps je regardais le sol à la recherche de défauts, car je ne voulais pas glisser, et quand j'ai vu ma Maîtresse, je me suis dirigé vers elle.

Il parlait à une Maîtresse noire à côté de lui, à sa gauche, que je supposais être Maîtresse Samantha et qui semblait être d'accord avec l'approbation de l'esclave choisie de Lucy, moi.

Quand je me suis rapproché, j'ai remarqué une structure en bois à ma droite.

Une potence?

Quelle merde.

"Lève-toi, esclave," ordonna Angela quand elle fut à cinq pas de ma maîtresse Lucy.

Puis il s'est déplacé à côté de moi et a donné un coup dur à ma bite encore en érection.

"A genoux quand vous êtes devant votre Maîtresse!"

Je suis tombé à genoux et j'ai immédiatement reçu trois autres cils lourds dans le dos qui me faisaient mal, mais qui m'ont donné plus de plaisir qu'avant, mais je ne pouvais pas comprendre ni voir mon pénis en érection.

J'ai entendu un ordre, qui je pense, était d'Angela de baisser la tête jusqu'à ce qu'elle touche le sol et de la garder là.

Ce faisant, le poids du morceau de bois sur mon dos m'a fait hurler et prendre un autre coup.

Ensuite, tout est resté silencieux pendant une période d'environ dix secondes qui semblait durer éternellement et une voix que je supposais être Mme Samantha en raison de sa proximité et de sa voix autoritaire, a commencé à parler.

Mesdames, bienvenue à ce rassemblement spécial du Pain Pleasure Group. Nous sommes ici pour reconnaître officiellement Lucy comme notre nouveau membre d'élite et nous la félicitons pour son choix d'esclave qui, j'en suis sûr, lui plaira beaucoup. Ils ont tous l'air super, Mesdames, huilées comme ça et prêtes pour nos fouets? Lucy, il y a une question exceptionnelle de la discipline des esclaves que je sais que vous allez maintenant résoudre. Qu'avez-vous choisi? "

"Merci, Mme Samantha, pour toutes vos aimables paroles. Je montrerai à tous que, en tant que véritable dominante et professionnelle, je suis et serai un chef de file de tous les hommes, qui nous sont tous inférieurs. Esclave Peter! Il a choisi le sien. Première punition à suspendre lors de votre première participation. Chaque maîtresse présente et ses fouets seront introduits, en commençant par Lady Samantha et en terminant par moi-même, ce qui signifie un total de onze leçons. Cela sera suivi de la fin, qui seulement J'appellerai The Final Torment, car c'est quelque chose de nouveau qu'Angela et moi avons créé. Tous les esclaves, à l'exception de l'esclave Cindy, iront immédiatement dans la salle d'attente au sous-sol car ils ne sont pas autorisés à voir la première punition de la nouvel esclave Peter. "

Quand la dominatrice fut terminée, j'entendis un murmure de satisfaction et d'applaudissements, différent des premiers sons, qui devaient provenir des esclaves derrière chacune de leurs maîtresses.

Personne n'a jamais eu autant de leçons, a-t-il été murmuré par un esclave.

La Maîtresse a dit:

"Bien joué, Lucy, quel corps fantastique ton garçon a."

On ne m'a pas demandé ou supposé qu'on me demandait si j'étais d'accord avec le divertissement prévu, car je voulais être son esclave plus que tout.

"Allez Peter, il est temps pour toi d'être prêt à saluer toutes les Maîtresses!" Ordonna Angela.

J'ai essayé de lever la tête, mais le poids du joug sur mes épaules et mon épuisement ne me permettaient pas de le faire. Angela a demandé à l'esclave Cindy de venir l'aider, et les deux ont saisi une extrémité du joug et m'ont soulevé facilement.

Quand je me suis levé, j'ai regardé autour de moi et j'ai remarqué que les esclaves partaient et que les maîtresses en petits groupes se divertissaient avec du vin et des hors-d'œuvre et j'ai pensé à combien j'avais besoin d'un verre.

J'ai regardé Cindy et j'ai souri à travers mon bâillon en essayant d'insinuer que je n'étais pas en colère contre elle pour l'incroyable séquence d'événements.

Il me regarda droit dans les yeux puis me serra doucement le bras.

Angela m'a traîné à travers un anneau en D autour de mon cou jusqu'à ce que je sois directement sous le bras tendu de la potence.

Debout là, j'ai levé les yeux et j'ai remarqué un fil avec un mousqueton attaché, puis j'ai entendu un moteur et j'ai regardé le crochet descendre pour finir juste en dessous de ma tête.

Qu'est-ce que la dame a dit?

Suspension et participation et autre chose?

Je dois faire plus attention.

"Cindy, détachez les cordes de votre poignet et de votre avant-bras à cette extrémité du joug et je le ferai sur celui-ci. Nous devons mettre les bracelets de suspension sur le garçon et ensuite la barre de suspension devant lui. Une fois que c'est fait, je vais Nous allons dénouer et garder le joug de bois. Mme Lucy ne veut plus perdre de temps. " Dit Angela.

Ensuite, ils ont mis des poignets en cuir épais sur mes poignets et je savais à quoi ils servaient, car j'avais vérifié les publicités fétiches sur Internet.

Une fois en route, Angela a soulevé une lourde barre d'acier d'environ six pieds de long devant moi.

Il avait des chaînes avec des mousquetons à chaque extrémité, un anneau lourd au milieu.

Cindy a rapidement cassé les crochets de chaque chaîne au-dessus des poignets qui maintenaient mes poignets, et une fois que le second était en marche, Angela a lentement abaissé la barre jusqu'à ce que je la tienne seule.

Le poids supplémentaire sur mon corps et mes bras m'a fait gémir bruyamment dans mon bâillon et j'ai remarqué que Lucy me regardait et le groupe avec lequel j'étais a commencé à sourire et à rire.

Angela et Cindy se sont déplacées rapidement pour retirer le joug, ce qui m'a fait me sentir beaucoup mieux, et même après avoir soulevé la barre au-dessus de ma tête et mis l'anneau sur le mousqueton, j'ai senti la pression se soulager de mon corps.

Angela s'est approchée de moi et m'a chuchoté pour que personne, pas même Cindy, n'entende:

«Esclave, maintenant je vais enlever le bâillon et te donner de l'eau avant que les présentations ne soient faites. Si tu ne te conduis pas bien avant la nuit. C'est fini, honnêtement, et je te couperai les deux tétons. Compris?

J'ai hoché la tête avec enthousiasme, en disant oui, quand je lui ai adressé la parole voulant boire et tenir mes tétons.

J'ai remarqué que la barre sur laquelle mes bras étaient suspendus tournait avec moi quand j'ai fait cela et j'ai levé les yeux, j'ai compris pourquoi le mousqueton avait un émerillon intégré pour qu'il puisse tourner dans n'importe quelle direction.

Cindy a alors enlevé le bâillon de ma bouche et, tout en se tenant derrière moi, a doucement pressé ses seins contre mon dos, faisant échapper un gémissement de plaisir à mes lèvres.

Dieu merci, Angela n'avait rien entendu ni vu de tout cela, me dis-je.

Angela a ensuite apporté une bouteille d'eau à mes lèvres, à partir de laquelle j'ai essayé de tout avaler, mais seules quelques gorgées étaient autorisées.

"Désolé Peter," dit Angela, "Mais je ne peux te donner que quelques gorgées ou tu peux avoir une crampe ou même tomber malade. Oh, Cindy, super, tu as le jeu de barres pour tes pieds. Allons vite, Peter. Souviens-toi. ce que j'ai dit à propos des cris. "

D'abord, Cindy a déverrouillé mes pieds avec la clé qu'elle avait gardée sur un bracelet, puis les deux filles ont rapidement saisi la barre, qui mesurait environ trois pieds de long, et ont attaché un bracelet en cuir à chaque cheville.

Pendant que cela se passait, je savais pourquoi Angela m'avait rappelé de crier, car non seulement cela me séparait du bar, mais maintenant il était suspendu au sol dans une position d'aigle allongée suspendue à mes poignets.

Tout ce que je pouvais faire était de serrer les dents et de gémir aussi doucement que possible.

Puis Angela a testé ma situation en me déplaçant lentement d'un côté à l'autre puis en me tournant une fois pour s'assurer que le virage fonctionnait.

Quand il m'a fait face, il a dit:

«Esclave, vous vous mettrez à genoux avant de saluer chaque Maîtresse et vous aurez la tête baissée, les yeux baissés. Vous la saluerez quand elle sera devant vous et vous le ferez comme ceci 'Salutations, Madame, je suis l'esclave de Maîtresse Lucy Peter'. Ensuite, elle nous ordonnera de nous tenir debout sur les deux pieds ou en suspension complète et ensuite elle vous présentera formellement son fouet et tout le reste. Toutes les maîtresses ont la permission de le faire. Elles vous fessent autant de fois qu'elles le souhaitent, des épaules aux orteils. pieds, mais pour votre pénis, vous ne devriez utiliser qu'un fouet. N'oubliez pas de ne pas pleurer Peter ou ils seront plus durs avec vous. Comprenez-vous Peter? "

"Oui Angela, je comprends," dis-je, mais j'avais peur de lui demander ce que "et d'autres choses" signifiaient.

"Esclave, je veux que vous fassiez quelque chose pour moi. Supposez que vous venez d'être touché, tournez à gauche d'un demi-tour. MAINTENANT!"

J'ai dû l'essayer plusieurs fois jusqu'à ce que j'aie raison, car la première fois, je suis allé trop loin, puis pas assez loin la fois suivante ou je me suis complètement tourné.

Puis ils m'ont mis sur la pointe des pieds et j'ai dû répéter le processus jusqu'à ce que j'aie raison.

Pendant que j'étais instruit dans cette technique de tournage, Cindy avait placé une table devant moi sur laquelle se tenaient des flagellateurs de différents types et couleurs et un grand bocal à poissons en verre rempli de pinces en bois.

Angela a alors fait signe à Cindy de venir à mes côtés, puis Angela s'est adressée aux Maîtresses.

Merde, elle est si belle et Cindy et toutes les maîtresses aussi, ai-je pensé quand Cindy a recommencé à caresser ma bite pour la garder dure, je suppose.

"Sois courageux Peter et ce sera bientôt fini. Je t'aime Peter," murmura-t-elle.

CHAPITRE V

Un frisson parcourut mon corps alors que je me tenais là en attendant mon destin, maintenu en place par Cindy alors qu'elle caressait doucement ma virilité.

Je me souviens avoir regardé le lac et les voiliers rentrant chez eux dans un lit d'eau de plus en plus calme.

Les premières pensées du coucher du soleil ont commencé à s'imposer et je savais qu'il ferait noir dans moins d'une heure et je me demandais où le temps était passé.

"Préparez-vous. Ils arrivent", a ordonné Angela à Cindy quand je suis revenue à la réalité.

Je n'avais pas remarqué le retour d'Angela et quand je me suis tourné vers elle, elle m'a giflé violemment sur les fesses et a gloussé.

«J'ai hâte de voir si tu réussiras dans l'heure qui suit car tu ferais mieux de mettre toutes les dames au chaud et à l'eau pendant ta performance. Maintenant Cindy, mets cette salope à genoux avant qu'ils ne soient là. Et Peter, souviens-toi de quoi je t'ai dit ".

Mon corps en forme d'aigle s'est allongé sur mes genoux avec l'aide de Cindy, car je n'étais pas sûr de la meilleure façon de me mettre en position.

À genoux, je gardais la tête baissée, comme Angela l'avait ordonné, mais je savais à la vision périphérique qu'elle avait et à leurs voix qu'ils étaient maintenant face à nous.

"Ladies of Pain Pleasure, j'offre mon esclave, Peter, pour votre considération. S'il vous plaît, utilisez-le bien. Après avoir terminé le test de mon homme sans valeur, il y aura un spectacle spécial pour vous qu'Angela a si gentiment préparé Lady Samantha, veuillez avoir la gentillesse de commencer la cérémonie. "

Tout le monde se tut devant moi et je pouvais entendre Mme Samantha alors qu'elle s'approchait et même quand elle enlevait les pinces du bol.

Une des dames a alors dit doucement à une autre personne:

"Ah, le dard, elle va le tester."

Des murmures affirmatifs tout au long de la réunion.

Quand elle était devant moi, je lui ai dit ce qu'Angela m'avait dit:

«Salutations, madame, je suis l'esclave de Mme Lucy, Peter.

«Lève la tête et regarde-moi, esclave», m'ordonna-t-il.

En levant lentement la tête, j'ai remarqué que dans sa main gauche elle tenait deux pinces à linge et dans sa droite elle tenait un fouet en cuir rouge foncé.

Le fouet ressemblait à un fouet court et tressé, mais à la fin, il avait une longueur supplémentaire de neuf queues en cuir de la taille d'une corde, chacune nouée à l'extrémité.

Putain, j'ai pensé.

Aussi naïf que je suis, il savait que le fouet qu'il tenait n'était pas le fléau qu'Angela avait décrit.

J'ai regardé Angela et elle a souri un peu innocemment et a haussé les épaules.

"Cette salope va avoir ce qu'elle cherche un jour."

Je savais que ça allait faire plus mal que ce que j'avais expliqué précédemment, mais il faudrait tout ce qu'il fallait pour prouver à Angela que je pouvais tenir.

Mme Samantha avait vu cette interaction et avait ri.

«Mesdames, il semble que cet esclave n'ait pas tout dit sur le spectacle de ce soir, mais il a accepté d'être ici et ce sera une bonne leçon pour lui. Attendons un esclave déconcerté!

«Pierre, esclave, êtes-vous d'accord que vous êtes subordonné à toutes les femmes, que toutes les femmes sont supérieures aux hommes, que vous servirez et obéirez à toutes les femmes où que vous soyez, et que vous apprendrez à soutenir le mouvement Plaisir de la Douleur?"

"Oui, Mme Samantha, je suis d'accord," répondis-je.

«Sais-tu qui je suis, esclave, et que dois-je faire?

"Oui, madame. Vous avez votre propre cabinet d'avocats dans le Maine que j'ai utilisé, mais je n'ai traité qu'avec votre personnel."

"Notre participation à ce groupe doit être confidentielle. Comprenez-vous Peter et pouvons-nous compter sur la garder secrète?"

"Je comprends que la dame et moi garderons toujours tout confidentiel."

«As-tu goûté au doux nectar d'une déesse noire, esclave et tu veux le faire? elle a demandé.

«Oui, Mme Samantha, je le souhaite.

Dès que j'ai mentionné ces mots, la main tenue par le fouet est allée à l'arrière de ma tête et l'a poussée vers son sexe dans l'espoir qu'elle avait été exposée par son autre main alors qu'elle soulevait sa robe.

Ma langue a immédiatement atteint son clitoris, qui était chaud, et nageait dans le jus de sexe, et en le léchant, je l'ai senti durcir et grandir.

Sans demander la permission, j'ai tourné légèrement la tête, j'ai ouvert la bouche entourant son sexe et j'ai commencé à tout absorber à un rythme croissant.

Pendant quelques secondes, elle a frappé sa chatte sur mon visage puis m'a poussé brutalement.

"Ah salope," hurla-t-il en me giflant le visage avec son fouet. "Lucy, tu as très bien fait ... non seulement le corps de ce renard est fait pour nous servir, mais je pense que son esprit est également prêt à nous servir."

Mme Samantha s'est reculée et, regardant son esclave, Angela a dit: «C'est fait», puis elle a donné à Cindy les deux pinces à linge.

J'étais complètement soulevé du sol, complètement suspendu dans cette posture d'aigle sauvage étendu, devant la tête de ce groupe de plaisir de la douleur.

J'ai remarqué que Cindy avait l'air un peu pensif aux pinces à linge, puis j'ai mis une sur mon mamelon gauche et une sur mon œuf, provoquant un gémissement silencieux de mes lèvres.

Pendant que cela se passait, je regardais Samantha, qui me paraissait incroyablement sauvage et sentait ma bite se durcir.

"Regardez mesdames! La salope me rend déjà hommage."

Immédiatement après avoir dit cela, il m'a frappé fort sur la cuisse droite puis de nouveau sur la gauche, ce qui m'a fait me battre dans mes liens, mais sans faire un son entre mes dents serrées.

"Angela, retourne-toi s'il te plaît," ordonna Samantha.

Angela siffla alors assez fort dans mon oreille pour que tout le monde l'entende.

"Fais demi-tour, putain de salope, et fais vite."

De toutes mes forces, je me suis rapidement retourné aussi doucement que possible et tout en pensant à Angela et en me disant:

«Je vais avoir cette salope pour moi.

Elle pourrait sûrement être un peu plus agréable dans d'autres circonstances.

Quand j'ai terminé le virage, j'ai regardé dans les yeux d'Angela et j'ai essayé de la tuer sans grand succès.

Puis Samantha m'a donné deux coups de fouet dans le dos avec son fouet, puis j'ai su pourquoi ils l'appelaient le dard.

C'était comme si à chaque coup, je pouvais sentir les neuf queues du fouet entrer dans mon corps, mais j'avais quand même une sensation de picotement qui semblait presque en demander plus.

Quand ma lutte intérieure s'est calmée, j'ai entendu Samantha dire: "Prêt, Angela?" puis j'ai entendu un silence de la foule de dames rassemblées à proximité.

Je baissai les yeux et regardai Angela se pencher vers moi et amener ma bite dressée à sa bouche, la travaillant jusqu'à ce qu'elle l'ait comme elle le voulait, puis leva sa main droite.

A ce moment, mon monde a explosé avec une série de coups durs sur les fesses d'Angela et les dents serrant sa bite si fort que j'ai pensé qu'elle allait le couper.

Je n'ai pas crié, mais mes gémissements à travers les dents serrées me donnaient l'impression de mâcher de la terre.

Tout en luttant dans cette position d'esclavage total, Angela a continué à me mordre le pénis jusqu'à ce que Mme Samantha parle:

"Angela, arrête tout de suite. Tu seras punie plus tard pour cette explosion. Qu'est-ce que tu pensais femme?"

Puis je me suis levé et, avec l'aide de Cindy, je me suis tourné vers le Groupe et je me suis de nouveau mis à genoux.

En baissant la tête, ma maîtresse s'adressa au groupe:

«La prochaine étape sera notre invité de l'extérieur du district, Mme Victoria, qui a aidé à établir notre groupe local. Mme Victoria, s'il vous plaît.

"Salutations, madame, je suis l'esclave de Maîtresse Lucy," dis-je lorsqu'elle se tenait devant moi.

«Levez la tête, mon garçon! Savez-vous qui je suis?

Quand j'ai levé la tête, j'ai remarqué à nouveau les deux pinces à linge, mais cette fois sa main droite tenait un petit fouet et mon cœur se serra, mais cela ne me enleva pas ma virilité, car je restais dur.

J'ai regardé dans les yeux d'une femme mûre qui était toujours extrêmement belle et avait le corps de quelqu'un de beaucoup plus jeune.

"Vous êtes Mme Victoria. J'ai échangé des courriels avec vous lorsque j'ai rejoint votre groupe de jeu de rôle, mais je n'y étais jamais douée et j'ai abandonné. Désolé, madame."

Honnêtement, il espérait ne pas l'avoir dérangée en baissant la tête.

"Lève-toi et tourne-toi," m'ordonna Angela.

D'abord, il a donné les deux pinces à linge à Cindy, qui, à nouveau après les avoir regardées, a haussé les sourcils et a ensuite mis les deux sur mon pénis: Sur la peau de chaque côté des œufs à la base.

Puis vinrent cinq cils durs sur mon dos et mes fesses alors que je gémissais et me débattais dans mes liens.

«Excellent, excellent,» déclara Mme Victoria avant de retourner à ma position à genoux.

Et il en fut ainsi, avec des punitions différentes de toutes ces femmes puissantes, chacune d'elles fut convoquée par ma Maîtresse.

De Nellie, professeur de lycée, à Flora, actrice de feuilleton, à Jane, médecin, à Jemina, professeur d'histoire, à Rosie, artiste sur un Talent Show, à Laura, la propriétaire de la chaîne de télévision qui m'a invité sur son île .

Il y a eu deux exceptions que je soulignerai plus en détail, Clara, présentatrice sur une chaîne d'information câblée, et Céline la météorologue sur la même chaîne.

Quand Mme Clara a été appelée, elle est arrivée en frappant un grand fouet noir accroché à sa cuisse et s'est arrêtée juste devant moi en touchant presque ma tête penchée.

"Salutations, madame, je suis l'esclave de Mme Lucy, Peter," balbutiai-je un peu tremblant et effrayé en continuant à frapper le fouet sur sa jambe sachant que je pouvais voir son jouet.

«Levez la tête, monsieur. Savez-vous qui je suis?

Le Seigneur a été dit d'une manière désobligeante pour que tous l'entendent.

Quand j'ai levé la tête et que je l'ai regardée pour la première fois dans la vraie vie, j'ai réalisé que c'était encore plus beau qu'à la télévision.

Il avait un corps bien réglé pour lequel mourir et ses cheveux étaient actuellement blonds foncés jusqu'aux épaules et d'après ce qu'il avait lu, son cerveau dépassait en nombre la plupart des hommes.

"Oui, Mme Clara, vous êtes une référence dans Cable".

Quand j'ai dit cela, j'ai remarqué qu'elle ne prêtait pas attention à ce que je disais, mais qu'elle regardait Angela.

Je tournai la tête vers Angela et remarquai qu'elle regardait Clara et souriait et léchait ses lèvres.

"Cette fille est aussi un farceur, excitée et tout se passe," j'ai pensé à Angela et j'ai doucement ri aux éclats.

Malheureusement, Mme Clara a pensé que je me moquais d'elle et m'a giflé.

"Lady Lucy ! Ce cochon ose se moquer de moi. Que va-t-il faire à ce sujet ?"

"Mes excuses Clara. Angela, prends la pince à épiler et mets-la sur le salaud. Maintenant !" Elle a commandé.

Quand Angela est allée à la table pour les pinces, elle a demandé à Lucy à quel point elle voulait les mettre et la réponse de Lucy a été:

"Quand vous ne pourrez plus les presser, ils seront parfaits."

"Mme Clara, j'espère que cela a votre approbation" demanda Lucy.

"Se tenir sur la pointe des pieds !" Dit Clara en remettant les pinces à Cindy.

Angela a ensuite ordonné à Cindy de retirer toutes les pinces à linge de mes mamelons et de les mettre sur ma bite une fois que je me suis mis en position.

Cindy ne m'a pas regardé dans les yeux quand ils ont enlevé les quatre pinces à linge et les ont transférées sur ma bite, puis les pinces à linge de Clara ont été placées sur mes œufs.

À ce moment-là, mon pénis était presque entièrement recouvert de chaque côté par les broches.

Puis Angela, souriante et amicale, la chienne a fait son truc avec les pinces.

Chaque pince se composait de deux barres métalliques plates avec des vis à chaque extrémité qui devaient être serrées à la main.

Après avoir desserré chacun d'eux, elle a placé une pince sur un mamelon avec une barre au-dessus et en dessous, puis a demandé à Cindy de retirer le mamelon de la pince tout en le serrant.

Une fois qu'ils furent tous les deux retenus, je me sentis un peu soulagé car seule Cindy les tirant dessus causait de la douleur.

«Maintenant, je vais les serrer, salope,» dit-il alors que nous nous regardions tous les deux.

Alors que je les serrais, la douleur commençait à être atroce.

Je n'avais jamais ressenti une douleur aussi intense, mais bon sang, je n'allais pas te donner le plaisir de crier parce que c'est exactement ce qu'Angela voulait que je fasse.

Clara m'a ordonné de me tourner, ce que j'ai apprécié car, après tous mes fantasmes télévisés sur elle avaient été brisés en apprenant que je préférais le sexe opposé, je ne voulais pas la voir me fesser et ressentir l'humiliation.

En fait, son fouet avec le fouet était douloureux mais excitant.

Était-ce à cause de mon humiliation?

Avec Mme Céline, on n'est jamais arrivé à la phase de fessée.

Après son gros plan et mon introduction, j'ai regardé sa beauté et j'ai souri, et j'ai dit que je l'avais vue pendant des années chaque week-end tout en présentant le bulletin météorologique local et j'ai publié que j'étais amoureux d'elle et qu'elle avait l'air fantastique.

"Tu veux tester ta météo, Peter?"

"Ce serait un honneur, Maîtresse," répondis-je avant de passer ma tête entre ses jambes alors qu'elle soulevait sa robe.

Il faisait chaud et humide et elle avait besoin d'un orgasme.

Ma langue a travaillé dur sur son clitoris alors qu'elle pompait son corps contre mon visage.

Quand il était complètement enflé, j'ai pu le tenir avec mes lèvres pendant que ma langue passait dessus.

Il ne fallut pas longtemps avant qu'elle gémisse avec un orgasme et le jus de l'amour couvrit mon visage.

Puis il recula, laissa tomber le fouet, s'approcha de ma maîtresse et lui demanda en plaisantant s'il voulait me vendre à elle.

Après avoir fait mes présentations avec chacune des Maîtresses, je me suis agenouillé la tête baissée et j'ai su que Lady Lucy était devant moi.

"Salutations, Mme Lucy. Je suis votre esclave, votre esclave Peter."

"Lève ta tête esclave"

Quand je l'ai fait, je savais pourquoi elle était là ce soir-là, car sa beauté était captivante et je l'aimais vraiment.

Il ne tenait pas de pince, mais il tenait un petit fouet dans sa main droite, dont je savais immédiatement à quoi cela servait, puisque dans sa main gauche il tenait un bâillon.

"Bravo esclave. Ton procès sera bientôt terminé et les dames ont accepté de te permettre de mettre le bâillon pour que tu puisses crier quand c'est nécessaire pour le reste de la nuit. Maintenant, Angela a mis le bâillon en suspension avant complète sur ce type . "

Angela a pris le bâillon et sans aucune douceur l'a poussé dans ma bouche et a tenu le bâillon fermement après avoir poussé ma tête.

Les dames ont regardé tout cela, surtout quand elle m'a aidé à monter par les pinces et que pour la première fois j'ai pu crier dans le bâillon.

Ils m'ont laissé en suspension à la vue de tous.

Quand Angela a reçu l'ordre de retirer les pinces, les dames ont regardé avec beaucoup d'intérêt ma réaction au retrait de chacune d'elles alors qu'elle criait et luttait pour essayer de réconforter mes mamelons.

Puis Lucy est venue et s'est tenue devant moi.

«S'il te plaît, Peter, montre à tout le monde que tu es mon esclave. Maintenant, je vais enlever toutes tes pinces à linge avec mon petit jouet et pas très doucement. Tout le monde regarde ta réaction à ce que je fais, alors faisons-le bien.

J'acquiesçai et fermai les yeux déterminés à ne plus crier quand les queues de fouet commencèrent à atterrir partout où une pince à linge avait été placée, mais la plupart étaient sur ma bite et mes couilles.

Je gémis et luttai en essayant d'échapper au fouet jusqu'à ce qu'il s'arrête enfin et j'ouvre les yeux sur une Maîtresse souriante.

"Bravo Peter," dit-elle, puis elle s'adressa à ses invités. "Il y aura un court intervalle de temps avant la présentation de The Final Suspension. Pourriez-vous s'il vous plaît venir avec moi avec un verre de mon propre vin frais pendant que les filles préparent l'animation finale pour la soirée?"

«De quoi diable parle-t-il?» Ai-je pensé.

La suspension définitive? Vas-tu me pendre?

Puis ils m'ont abaissé au sol et m'ont dit de m'agenouiller pendant qu'Angela et Cindy étaient occupés à se préparer à quoi: Ma mort?

J'étais trop fatigué pour faire quoi que ce soit, même lorsque la barre lourde était déconnectée du câble et placée derrière moi.

Quand j'ai regardé ma bite, je l'ai vu pendre faiblement et je savais que même le Viagra ne serait pas très utile à ce moment-là.

Étonné, j'ai regardé Angela et Cindy sortir une sorte de moteur, qu'ils ont branché sur le câble, puis, après l'avoir branché, l'ai testé pour s'assurer qu'il fonctionnait.

Ensuite, la barre qui maintenait les chaînes aux poignets de mes poignets a été collée au bas de l'appareil et tout m'a soulevé jusqu'à ce que je sois à nouveau suspendu.

Cette fois, ils ont desserré la barre de séparation au niveau de mes chevilles et l'ont enlevée quand ils m'ont ramené sur mes pieds.

Cindy a ensuite placé de lourdes menottes en cuir sur mes cuisses juste au-dessus des genoux et quand elles étaient toutes les deux fermement attachées, j'ai été abaissée en position assise.

Je me sentais engourdi partout et je ne craignais aucune autre tentative de m'infliger de la douleur.

Ensuite, une chaîne de chaque brassard de cuisse a été attachée à la barre supérieure et serrée jusqu'à ce que j'aie l'impression d'être assise avec les jambes écartées, alors que le câble me soulevait jusqu'à ce que je me trouve à environ cinq pieds au-dessus du sol.

"Cindy, essayons ça avant la performance finale."

Angela l'a mentionné à voix basse puis a attrapé un cordon électrique connecté à l'appareil au-dessus de moi.

Ce qui ressemblait à une sorte de boîtier de commande était connecté au câble, Angela commença à passer ses doigts.

Ils m'ont d'abord tourné dans le sens des aiguilles d'une montre, puis dans le sens inverse des aiguilles d'une montre à tour de rôle à différentes vitesses, puis j'ai également fait des mouvements de haut en bas.

Satisfaite, Angela ordonna à Cindy de préparer le dernier morceau, que j'observai d'en haut.

Ils ont transporté un poteau rond en acier lourd, qui mesurait plus de quatre pieds de long, jusqu'à une position juste en dessous de moi et l'ont vissé dans ce que je pensais être un trou de drainage en béton au niveau du sol.

Après s'être assuré qu'il était bien serré et libre de tout mouvement lâche, Angela a sorti un cône en acier inoxydable d'une boîte et a commencé à le visser sur le dessus du poteau métallique.

À l'époque, tout cela se passait directement sous mon corps, alors j'ai bien regardé ce qui se faisait et ce que je pensais qu'il allait se passer, ce qui a déclenché une session de combats acharnés de ma part puisque je ne voulais pas. faites partie de cela.

Angela a immédiatement saisi la base de mes couilles, pressé et frappé le sac d'œufs qu'elle tenait, aussi fort qu'elle le pouvait avec son poing droit, la faisant crier à l'intérieur du bâillon, car tout ce que j'ai vu était des taches noires brillantes. devant mes yeux.

«Arrête ça, Peter, ou je vais continuer à te battre jusqu'à ce que tu t'évanouisses. Compris? Angela a demandé.

Je me suis arrêté, mais pour deux raisons, dont l'une était la menace d'Angela et l'autre était le fait que mon corps était tout vidé.

Je ne pouvais plus le supporter parce que la suspension m'empêchait et je savais que, pour le reste de la nuit, je resterais juste ici, endurant la douleur.

J'ai essayé de reprendre mon souffle en regardant de plus près le cône.

Bien que ce soit difficile à dire, le sommet était arrondi et semblait avoir environ un demi-pouce de diamètre.

Cela augmentait d'environ dix pouces de longueur jusqu'à un diamètre d'environ deux ou trois pouces à la base, ce qui me paraissait être d'environ dix pieds.

Cindy a ensuite tout recouvert d'une épaisse couche de lubrifiant, puis, en plaçant une quantité substantielle sur le bout de ses doigts, elle a commencé à frotter mon anus avec.

Elle a ri en crachant, essayant d'insérer ses doigts en moi, ce qui s'est soudainement retrouvé en moi, me faisant haleter et gémir.

Alors qu'ils s'occupaient de mes fesses, Angela a branché un lecteur de CD et a rapidement testé la chanson de son choix pour ce putain d'événement qu'elle a créé, qu'elle espérait rendre un jour en nature.

J'ai immédiatement reconnu la musique ... et j'ai su que son rythme lent exciterait toutes les dames, mais cela me causerait beaucoup de douleur.

Le lecteur CD était également connecté au boîtier de commande de l'appareil.

Angela avait pré-enregistré les premières mesures instrumentales de la chanson et la jouait maintenant pour attirer l'attention des dames pour indiquer qu'elle était prête.

J'ai regardé les dames venir et se tenir en demi-cercle autour de moi à environ cinq pieds et j'ai vu Angela saluer Lady Lucy alors qu'elle éteignait la musique.

Mesdames, voici une courte présentation qu'Angela a inventée et qu'elle appelle The Final Suspension.Mon esclave Peter n'en a été informé que quelques minutes auparavant et c'est un bon moyen pour mon esclave de savoir qu'il doit toujours s'attendre à l'inattendu. "

"Tu peux continuer Angela." Dit Lucy.

"Merci madame," répondit Angela. "J'espère que vous apprécierez le spectacle que j'appelle The Final Suspension et que tous les hommes devraient endurer pour la performance au Pleasure of Pain."

Puis Angela se retourna et se dirigea vers le boîtier de commande et actionna quelques interrupteurs, faisant descendre Cindy et guider mon corps vers le cône, qui pénétrait à quelques centimètres de mon cul.

J'ai crié dans le bâillon à cette pénétration et en même temps j'ai remarqué que toutes les Dames s'étaient emparées des bras et observaient de près cette humiliation de mon corps.

Puis la musique a commencé et pendant la première minute, mon corps a été soulevé d'un pouce et a chuté d'un pouce ou deux et est allé de haut en bas à nouveau tout le temps au rythme de la musique.

Les Dames, bras dessus bras dessous, semblaient aussi bouger au rythme de la musique du mieux qu'elles pouvaient faire.

Je les ai aussi entendus crier des choses comme «Cela devrait arriver à tous les hommes», «Les femmes gouvernent», «Les hommes sont de la racaille», «Vive le plaisir de la douleur», avec des acclamations et des applaudissements pendant toute la chanson.

Je savais que cette salope d'Angela serait bien récompensée pour ça, mais je ne pouvais rien faire d'autre que rester là à crier à chaque fois que j'étais pénétrée en territoire vierge pour moi-même.

Pendant la deuxième minute de la chanson, j'aurais dû être pénétré de trois ou quatre pouces puisque je ne montais plus et ne descendais plus, mais maintenant le cône tournait par petits mouvements à gauche et à droite.

Puis la dernière minute ... c'était celle où j'ai crié pendant toute la minute, minute infinie qui me semblait.

Non seulement la rotation du cône a augmenté, mais aussi le mouvement de haut en bas.

Je ne pouvais entendre que les rugissements d'approbation de la foule et je savais que je commençais à perdre conscience à chaque battement et finalement, à la fin de la chanson, la rotation s'arrêta et mon corps tomba sur le cône; mon poids autant que je le pouvais.

Puis j'ai crié plus fort que je ne l'avais jamais fait de ma vie, puis je me suis évanoui.

***

Quand je me suis réveillé, j'étais seul ... personne n'était là.

Le jour s'était transformé en nuit, mais les lumières de la maison et de la ferme fournissaient suffisamment de lumière pour voir où il se trouvait.

Alors que j'étais allongé sous le cadre de la potence, quelqu'un avait jeté une couverture sur mon corps et regardait autour de moi, rien n'indiquait qu'une séance d'aucune sorte ait jamais eu lieu.

Auriez-vous tout imaginé?

Cette pensée a changé lorsque j'ai essayé de bouger et que j'ai ressenti toute la douleur à l'intérieur de mon corps.

Il était libre de mes liens et de mon bâillon, nu dans l'herbe et ne savait pas quoi faire.

La musique et les rires venaient de la maison, mais je ne voulais rien savoir de tout cela et ayant du mal à me lever, je me suis rendu dans le bâtiment d'entrée où j'avais été préparé.

Je suis tombé sur le bâtiment et j'ai trouvé mon chemin vers ma voiture, dans laquelle je suis rapidement entré et que j'ai voulu démarrer, mais je n'ai pas trouvé les clés.

«Sors de la voiture du garçon!

J'ai levé les yeux pour voir Cindy vêtue d'un chemisier blanc et d'une jupe courte.

Sans soutien-gorge, Dieu est beau, pensai-je, mais je savais que je ne pouvais rien faire pour le moment.

"M'as-tu entendu mon garçon? Sors de la voiture maintenant. Les hommes doivent obéir à toutes les femmes et ça veut dire Peter, maintenant tu vas foutre le camp d'ici dans la voiture."

Étais-je trop fatigué pour discuter ou connaissiez-vous ma place dans le groupe?

Bref, je suis sorti de ma voiture et j'ai vu Cindy me tendre mes vêtements.

"Hé, ces vêtements sont à moi! «D'où vous vient tout cela? Je demande pour.

"Mettez-le et montez dans la voiture, je dois vous ramener à la maison et prendre soin de vous. Mme Lucy était préoccupée par votre bien-être."

J'étais trop fatiguée pour dire quoi que ce soit et reconnaissante que quelqu'un m'ait ramenée à la maison.

Cindy se gara d'un côté de l'allée, ne choisissant ni d'entrer ni d'ouvrir le garage.

Les lumières étaient allumées dans la maison et je savais qu'il n'y en avait pas, alors j'ai réalisé que mes clés avaient été prises et que la maison avait été préparée pendant la nuit.

Après m'avoir mis dans la maison, Cindy m'a emmenée dans la salle de bain et m'a fait aller dans la douche, où elle est entrée avec moi.

Elle m'a lavé, me gardant près d'elle ... c'était si doux et si bon que je savais que bientôt mon corps reviendrait à la normale.

Alors que l'eau nous éclaboussait, j'ai entendu un bruit fort dans la zone de la pièce.

"Qu'est-ce que c'était? Y a-t-il quelqu'un d'autre ici?"

«Détendez-vous Peter. C'était juste le système de refroidissement central ou quelque chose comme ça. Vous avez eu une journée difficile. Séchez-vous et allongez-vous sur le lit.

Elle m'a doucement traîné et séché en m'embrassant sur mon corps où il était douloureux ou marqué et, finalement, elle m'a donné un baiser dur sur les lèvres avec sa langue semblant masser la mienne.

Oh mon dieu, elle m'excite.

Nus, nous sommes allés bras dessus bras dessous à la chambre d'amis, qui avait toutes les lumières allumées.

J'ai pensé que Cindy l'avait fait.

Quand nous sommes entrés, j'ai été surpris de voir Maîtresse Lucy nue dans son lit ne portant rien de plus qu'un string noir.

«Ah, voici mes deux esclaves. Ils ont tous deux l'air fantastique. Allez, Cindy et rejoignez-moi. Non, pas vous, Peter, je ne veux pas d'esclave. Vos services ne seront pas requis ce soir, alors allez dans la pièce principale maintenant! "

Mon cœur est tombé plus bas que jamais quand j'ai entendu ses paroles et la tête baissée, je suis allé dans ma chambre.

Il faisait sombre, donc naturellement j'ai allumé la lumière et là sur le sol dans la pièce se trouvait Angela!

Elle était nue avec des poignets métalliques aux poignets fermés derrière son dos et aussi sur ses chevilles et élevée dans une position de soumission en ayant ses longs cheveux attachés avec une corde qui était étroitement attachée à ses chevilles.

Un bâillon contenait ses cris étouffés quand elle m'a vu prendre sa beauté et réaliser ce qui allait se passer ensuite.

À côté, il y avait un petit fouet en cuir avec une seule queue tressée qui ressemblait à un fouet de taureau miniature et sur le dessus se trouvait une note.

La note venait de Mme Lucy et disait simplement:

"Rappelez-vous Peter, attendez-vous toujours à l'inattendu."

Quand j'ai levé le fouet, ma virilité est revenue avec force et j'ai su à partir de ce moment que je ne cesserais jamais d'appartenir au Plaisir de la Douleur.

FIN

SUSAN ESCLAVE

CHAPITRE I

La esclave Susan s'est réveillée avec une envie délicieuse d'allaiter son maître, mais a été choquée de découvrir qu'elle était déjà partie.

Sur l'oreiller à côté d'elle, à la place, il y avait un mot, une seule orchidée et une carte-cadeau pour sa journée au spa préférée.

Elle bâilla et s'étira, puis lut la note avec enthousiasme.

"Je veux que vous passiez la journée à me préparer. Vous ne devez pas vous masturber aujourd'hui, car je vous donnerai tout ce dont vous avez besoin plus tard. Nous serons au bal de charité ce soir, et ensuite, je vous utiliserai de toutes les manières, jusqu'à ce que je sois satisfait "

Susan savait que la note de son professeur en disait beaucoup plus qu'elle ne le disait parce qu'elle connaissait son cœur.

En trois courtes phrases, il l'informa que ce jour-là et ce soir seraient pour son plaisir et pour lui, qu'il n'y avait aucune part d'elle qu'il ne pousserait pas à ses limites, et qu'elle devrait faire tout ce qu'il faut pour y arriver. était aussi agréable que possible pour lui.

Susan aimait plaire à son Maître et Il a toujours rendu tout parfait entre eux.

Susan est sortie du lit et a emmêlé ses cheveux dans une broche alors qu'elle se dirigeait vers la salle de bain.

La robe, les bas et les chaussures que Maître Robert avait choisi pour elle de porter étaient suspendus à un crochet attaché à l'arrière de la porte.

Il n'y avait pas de sous-vêtements.

Susan sourit, puis se lava le visage, se brossa les dents et, avant de retourner dans la chambre, ouvrit le tiroir du bas de la commode, en sortit les boules chinoises et enleva la culotte string dans laquelle elle avait dormi.

Le Maître avait dit qu'il n'y en avait aucune partie qu'il n'utiliserait pas.

Lentement, il remit les boules chinoises en place et instantanément il imaginait déjà la magnifique bite de son Maître ...

Il enfila le short en jean et la chemise boutonnée jaune que Maître Robert avait portés la nuit précédente.

Elle aimait porter ses vêtements.

Elle pouvait ainsi le sentir sur elle-même de cette façon.

Il enfila ses sandales, prit la carte-cadeau et partit rapidement.

CHAPITRE II

Susan est arrivée pour découvrir que Maître Robert avait tout arrangé avec ses instructions, comme il le faisait normalement.

Les femmes présentes dans la pièce ne lui ont rien dit, mais ont simplement continué ce qu'elles faisaient.

Elle n'était pas mal à l'aise avec ce que le monde percevait comme une relation de soumission, car le monde ne savait rien de l'amour qu'elle partageait avec son maître Robert.

"Oui, nous sommes maître et esclave", pensa-t-elle alors que la manucure travaillait sur ses pieds, "mais nous sommes aussi mari et femme, Robert et Susan, âmes sœurs!" Peu importe si le reste du monde ne le comprend pas.

Simplement parce qu'ils n'avaient aucune idée du véritable amour entre eux.

Avec une manucure et une pédicure complètes, elle a été emmenée au bain de lavande et de vanille.

C'était sa partie préférée et Maître Robert le savait.

C'était très difficile pour elle de ne pas se donner du plaisir lorsqu'elle se retrouvait seule dans la salle de bain parfumée, mais elle savait que son Maître l'aimerait beaucoup ce soir, alors elle se reposa sans avoir d'orgasme dans la salle de bain.

Enfin, tournez leurs cheveux, ils les lavèrent et les empilèrent de manière séduisante sur leur tête, les fixant avec la barrette qu'Il leur avait achetée lors de leur premier rendez-vous.

Elle sourit joyeusement en pensant au plaisir que cela lui procurera de retirer l'épingle de ses cheveux et de la voir tomber sur ses épaules.

Ce serait une nuit inoubliable.

De retour à la maison, elle s'est maquillée.

Puis il y avait les bas de soie et les talons noirs de trois pouces qu'elle avait achetés en Italie.

Il s'arrêta là pour se regarder dans le miroir.

Il manquait quelque chose.

Ce fut une brève pensée qu'elle enleva rapidement de son esprit.

S'il en voulait plus, il l'aurait prévu.

Elle enleva les boules chinoises qui l'avaient maintenue au bord de l'orgasme toute la journée, puis glissa la délicate robe sur sa tête et la laissa glisser le long de son corps.

Elle était satisfaite de la façon dont elle se regardait dans le miroir et Robert le serait aussi.

Une touche de son parfum préféré et elle était prête.

Il prit l'orchidée qui flottait dans un bol d'eau ce matin-là et la fourra dans le nœud de cheveux à la nuque.

Quand elle a entendu sa voiture dans l'allée, ses tétons se sont durcis et sa chatte a commencé à palpiter.

Normalement, elle l'aurait attendu à la porte à genoux, le cou incliné, pour que son corps soit complètement à sa disposition.

Elle était très anxieuse.

Elle se précipita vers le bas des escaliers pour l'attendre.

Quand Il entra, elle avait déjà rougi d'émotion et pouvait sentir son apparence lui plaire alors qu'il la regardait.

«Tu as l'air délicieuse, esclave Susan.

"Merci, Maître Robert, je suis très heureux que vous soyez satisfait."

"Il semble que vous ayez oublié quelque chose."

«Ai-je oublié quelque chose?

Robert l'attrapa par le poignet et la conduisit dans les escaliers.

Sur l'oreiller, où se trouvaient la note et la fleur, se trouvait son collier.

Elle était étonnée de ne pas l'avoir remarqué auparavant et a immédiatement reconnu son erreur.

Maître Robert lui avait arrangé le tour de cou fait à la main avec la cravate assortie pour lui.

Son tour de cou contenait la moitié d'un cœur de cristal qui correspondait parfaitement à l'autre moitié qu'elle portait.

Il le lui avait donné le jour de son mariage.

Comment avait-il réussi à ne pas s'en apercevoir?

Ses mamelons ont commencé à s'étirer et son vagin a palpité quand elle a réalisé à quel point l'erreur était grave.

Robert déboucla sa ceinture.

"Je t'aime, Susan, mais je ne peux pas permettre une telle insouciance dans ta préparation pour Moi."

«Oui, mon doux possesseur.

"Penchez-vous et prenez vos chevilles."

Elle n'avait pas besoin qu'on lui dise d'écarter les jambes, puisqu'elle avait déjà été punie de cette façon.

Maître Robert aimait regarder sa chatte quand il lui donnait une fessée.

Elle a attrapé la robe soyeuse et l'a lentement glissée le long de ses jambes jusqu'à sa taille et en raison de sa position, elle a continué à glisser vers le bas et autour de ses seins couvrant un peu sa tête et son visage.

Quel spectacle magnifique elle lui montra, habillé si élégamment, mais si crûment perché.

Elle pouvait voir à quel point elle était excitée à la façon dont l'humidité de sa chatte brillait à la lumière.

Il a enlevé la ceinture qu'il tenait dans sa main à la réflexion.

Ce serait une longue nuit.

Elle se retourna et se dirigea vers son côté du lit et, en fouillant le tiroir de sa table de chevet, en sortant un fouet en cuir qu'elle avait souvent utilisé dessus.

Il avait une longue poignée et neuf fines bandes de cuir souple et souple accrochées à l'extrémité.

Il a été bien utilisé et apprécié.

Il revint vers elle lentement, appréciant la belle image qu'elle avait créée et observant les changements qui s'opéraient en elle.

Elle respirait fortement et avait du mal à rester immobile.

"Ahhh, mon esclave Susan, je vais t'amuser ce soir!"

Et avec ça, il a connecté trois coups de fouet rapides à son cul qui l'ont fait hurler de douleur et de plaisir.

Il recula et observa la vitesse à laquelle les rayures rouges commençaient à apparaître sur ses fesses.

"Merde!" Se dit-il! "Comment vais-je me contenir ce soir?"

Et avec cette pensée, la solution est venue instantanément.

Il l'aurait tout de suite avant la séance du soir, juste une fois pour en sortir.

Elle a déchiré son pantalon, a sorti sa bite déjà raide et l'a enfoncée profondément dans sa chatte, non pas pour le plaisir, mais pour la lubrifier.

Ce qu'il voulait le plus en ce moment était rouge, serré, brillant et il était prêt pour ça.

Il a retiré sa bite de la chatte dégoulinante de l'esclave Susan à sa consternation et l'a enfoncée profondément dans son cul en attente.

Le cri de "OUI!" de ses lèvres, il alimenta son feu et il frappa follement ses hanches levées.

La serrant fort, il ne s'arrêta pas avant d'être prêt à exploser.

Il entendit sa propre respiration haletante et haletante alors que beaucoup de sperme soyeux allait et venait partout sur son cul rougi.

Lorsqu'il revint à lui-même, il réalisa qu'il frottait son sperme chaud dans le cul tendre et désiré de son esclave Susan alors qu'elle le remerciait encore et encore.

«Je porterai mon smoking noir ce soir, Susan», et sur ce, il alla à la douche pendant que l'esclave Susan enfilait son tour de cou puis allait au placard chercher son smoking.

Elle a été très minutieuse et a vérifié deux fois que tout ce dont il avait besoin était de l'attendre quand il est sorti de la douche.

Elle posa chaque objet sur le lit en pensant à la façon dont il venait de l'utiliser, à la merveilleuse façon dont ses couilles frappaient son clitoris alors qu'il ravageait ses fesses.

Elle était tellement perdue dans ses pensées qu'elle ne l'entendit pas derrière elle jusqu'à ce qu'il l'embrasse doucement sur le cou.

«Je ne veux pas te punir, Susan, mais oh! Comme tu es exquise quand je le fais.

"Merci, Maître Robert."

CHAPITRE III

Dans la voiture, Maître Robert a glissé le peignoir le long de ses jambes et a écarté ses cuisses.

Il a touché sa chatte qui dégoulinait encore, mais lui a interdit de venir.

L'esclave Susan se tortilla sur son siège et fut contente de voir la salle en si peu de temps, car elle était sûre qu'elle n'aurait pas pu durer plus longtemps.

Il mit ses doigts dans sa bouche pour qu'elle les essuie avec sa langue et ses lèvres alors qu'il déboutonnait les trois petits boutons sur le haut de son corsage avec son autre main.

«Laisse ça comme ça,» dit-il, puis l'embrassa tendrement sur les lèvres, avant de lui dire d'attendre qu'il ouvre la porte.

À l'intérieur de la salle, elle a été forcée de quitter fréquemment son côté, mais était toujours à sa vue.

Slave Susan a conversé poliment avec les autres participants, mais comme d'habitude, elle est allée dans les endroits les plus calmes et était seule.

Maître Robert était très sollicité pour l'attention et elle admirait la façon dont il se comportait dans ces situations, si galant, si beau.

Lorsqu'on lui a demandé de danser, elle s'est tournée vers lui pour obtenir des conseils.

Il était entendu parmi eux qu'il y avait des moments où une acceptation polie était nécessaire, mais elle attendait toujours son assentiment avant d'accepter et pouvait presque toujours compter sur lui pour interrompre ce qu'elle faisait.

Ce soir, cependant, il a attendu son maître Robert, rejetant les offres même après avoir approuvé.

Après le troisième refus, il traversa la pièce vers elle.

"Est-ce que tu vas bien mon amour?"

"Oui."

"Pourquoi tu ne danses pas?"

"Parce que je veux juste danser avec toi ce soir."

"Alors Susan, tu auras ton souhait."

Il glissa sa main autour de sa taille et la posa doucement sur son dos pour l'emmener sur la piste de danse.

La serrant contre lui, il dansa avec elle.

La regardant comme si elle était la seule femme au monde, il tourmenta sa peau avec ses yeux et la persuada au bord du bonheur avec des chuchotements sur la façon dont il l'utiliserait plus tard.

"Emmène moi chez toi?" Elle lui a chuchoté.

Il la prit par la main et la conduisit à travers la foule.

Dans la voiture, ils s'embrassèrent passionnément et l'esclave Susan murmura le désir de son cœur.

"J'ai besoin de mon maître Robert."

Robert a répondu en déboutonnant son pantalon et en lui permettant de le soigner sur le chemin du retour.

CHAPITRE IV

Dans l'allée, après avoir éteint la voiture, il la laissa rester là en profitant de la façon dont elle dévorait sa bite.

Il la fit s'arrêter juste assez longtemps pour glisser sa robe sur sa tête et la jeter sur le siège arrière.

Puis il tira le siège vers l'arrière et retira l'épingle de ses cheveux, la laissant tomber sur ses épaules.

Il adorait ses cheveux noirs, la façon dont ils tombaient sur son visage et ses épaules et la façon dont elle remplissait ses poings quand elle l'attrapait.

Robert la regarda longtemps, s'émerveillant de la façon dont il adorait sa bite, la suçant comme son propre gagne-pain.

Quand son envie de jouir était plus grande que sa retenue, il enfouit ses mains dans ses cheveux et enfonça sa bite profondément dans sa gorge.

Il entra et sortit de sa bouche et de sa gorge avec un besoin profond qu'elle menaçait de dévorer.

L'esclave Susan trembla entre ses mains et réalisa que sa propre libération provoquerait la sienne.

Une dernière poussée profonde dans sa gorge et Il explosa d'extase.

Chaque jet de lait chaud secouait son corps avec un spasme égal au sien.

Ils étaient maîtres et esclaves et pourtant ils ne faisaient qu'un.

Un corps ...

Un beau spasme de lait ...

Un amour!

CHAPITRE V

L'esclave Susan a ouvert les yeux lorsque Maître Robert a ouvert la porte.

Il lui tendit la main et l'aida à sortir de la voiture.

Elle se tenait devant lui au clair de lune, la robe mi-cuisse, les chaussures de soie et le tour de cou qui contenait un demi-cœur de cristal.

Le clair de lune et les étoiles dansaient sur sa peau et il prit une profonde inspiration à sa vue.

"Viens mon amour, notre nuit vient de commencer."

Il la conduisit à l'intérieur et dans la pièce, où il ouvrit les portes du balcon pour laisser entrer la brise de l'océan.

Il prit son tour de cou et le remplaça par son collier, puis la guida vers le lit où elle le vendit.

"Couche-toi. Je veux sentir ton corps se soumettre à Moi" murmura-t-il.

Elle a fait ce qu'on lui avait demandé et a ensuite attendu sa prochaine commande.

Quand aucun n'est venu, elle a essayé de calmer sa respiration, a essayé de l'entendre dans la pièce.

Où pourrait-il être?

Qu'est-ce que tu fais?

Son esprit s'emballa, anticipant ses plans pour elle.

Elle attendit ce qui lui parut une éternité, pensant pouvoir l'entendre respirer, mais jamais vraiment sûre.

Quand il pensa finalement qu'une fessée pour désobéissance valait mieux que d'attendre une seconde de plus, il tendit la main vers le bandage, mais au lieu de la laisser avoir des ennuis, il dit: «Touche-moi.

Trois mots, trois petits mots, allumèrent en elle un feu qu'elle n'avait jamais ressenti auparavant.

Instantanément, ses mains étaient sur son corps, une sur sa poitrine et une entre ses jambes.

En quelques secondes, elle se tordait jusqu'à l'orgasme, les jambes écartées, les genoux étirés, les doigts baisent sa chatte avec fureur pour jouir, son dos se cambre jusqu'à ce que rien d'autre que son cul et l'arrière de sa tête ne touche le lit.

"Oui! Robert! Oh, mon professeur Robert! Oui! Oui! Oui!"

Elle n'était pas complètement en dessous de sa taille après l'avoir entendu à nouveau:

"Encore une fois. Refais-le."

Elle roula sur son ventre et mit ses genoux sous son corps poussant ses fesses en l'air pour qu'Il voie.

Elle enfouit ses doigts dans sa chatte aussi profondément qu'elle le put et se masturba à nouveau pour l'amusement de son Maître.

Quand il est arrivé, il a duré beaucoup plus longtemps que le premier.

Il atteignit son endroit magique encore et encore jusqu'à ce que, finalement, en courant et en courant à l'intérieur de ses cuisses, il se mit à implorer grâce.

Se retournant sur le dos, elle cria:

"Robert! Oh Robert! S'il vous plaît! S'il vous plaît! S'il vous plaît, baise-moi maintenant!"

Il n'a montré aucune pitié quand il l'a attrapée et l'a roulée sur son ventre.

Elle reconnut son fouet au moment où il entra en contact avec sa peau.

"Merci, Maître! Merci pour votre générosité. Merci de m'avoir permis de venir. Merci de m'aimer suffisamment pour me punir quand je ne vous montre pas le respect approprié."

Chaque coup a reçu la gratitude qu'elle aurait dû exprimer lorsqu'il lui a permis de venir.

Il ne pouvait plus se contenir!

Il la chevaucha comme elle était, la tête en bas et mouillée par le besoin.

Il se glissa en elle si facilement qu'elle pensa qu'il la déchirerait.

Il attrapa deux mains pleines de ses cheveux et les pompa fiévreusement.

Elle le remerciait encore quand il sentit le membre profondément à l'intérieur.

Il la jeta et la tordit à l'intérieur et elle se tordit sous lui, attendant qu'Il lui donne ce dont elle avait besoin.

Il la rattrapa à travers son orgasme, ne ralentissant ni ne s'arrêtant que finalement. Il courait aussi, au fond de son ventre.

Elle était allongée sous lui, traitant sa bite avec sa chatte et murmurant encore et encore: «Merci, merci, mon doux possesseur», tandis que son maître Robert lui murmurait des louanges fascinantes à l'oreille.

Le tiraillement constant de sa chatte sur sa bite le tenait droit et bientôt ses propres hanches bougeaient à nouveau.

Il aimait la façon dont ses désirs et ses besoins correspondaient aux siens.

Elle s'est donnée à Lui si complètement qu'il n'y a jamais eu de temps où l'un d'eux s'est rassasié avant que les besoins de l'autre aient été satisfaits.

Au début, son corps lui faisait parfois mal à cause de sa longue et épaisse bite et de sa forte demande avant d'être pleinement satisfait, mais maintenant son corps, son ventre, son âme même ajustée contre lui comme un gant et la douleur de son amour était seulement apparente le lendemain.

Elle était à lui à tous égards et elle en était aussi heureuse que lui.

Robert était fasciné par la rapidité avec laquelle il était à nouveau prêt pour elle.

Il glissa ses mains le long de ses bras et les prit par les poignets.

Elle les tint ensemble au-dessus de sa tête alors qu'il cherchait dans le tiroir de la table de chevet et récupéra ses poings.

Après avoir attaché ses poignets ensemble, elle a sorti sa bite de sa chatte affamée pour aller au placard par une corde.

Il a attaché la corde à ses poignets pour l'utiliser comme une sangle.

Toujours les yeux bandés, elle respirait fort et il savait qu'elle en avait besoin.

Il attrapa à nouveau le tiroir et en sortit un anneau buccal.

"Ouvre la bouche, esclave Susan."

Elle a fait ce qu'il a demandé sans poser de question, car ils connaissaient tous les deux le sens de leur relation.

Il plaça le joint torique dans sa bouche et le fixa fermement autour de sa tête.

Puis il l'attrapa du lit et la mit à genoux.

Ce qui devait suivre n'était pas une punition, mais pour le plaisir et l'esclave Susan avait vite compris qu'il y avait une différence.

La tenant par les cheveux, Maître Robert a poussé sa bite à travers le bâillon et dans la gorge de l'esclave Susan.

Il la garda là jusqu'à ce qu'elle bâillonne puis la retire.

Il la poussa à nouveau et la tint, mais en quelques secondes, elle s'étouffa à nouveau.

Il l'a sorti et a attendu.

Quand sa respiration s'est stabilisée, il l'a repoussée.

Cette fois, elle put le tenir sans vomir.

Il ne la gonfla pas, ne bougea même pas, mais il laissa sa queue dans sa gorge jusqu'à ce qu'elle commence à se tortiller.

Lorsque ses rebondissements se sont transformés en bagarre, il a sorti sa bite et lui a caressé les cheveux.

"Elle est ma fille!" Dit-il fièrement. "C'est ma douce fille."

Ces mots tendres ont fait dessiner les mamelons de l'esclave Susan et sa chatte s'est humidifiée avec le besoin.

Maître Robert entraînait son odalisque pour prendre tout son sexe sans bâillon.

C'était une question de patience et de pratique, mais elle allait de mieux en mieux.

Il y avait des moments où elle ne s'étouffait jamais et quand cela arrivait, il était bien récompensé.

Maître Robert a déplacé la corde de plomb sur son collier et l'a obligée à se recoucher.

« Tu me veux esclave Susan?

Oui, sa réponse fut un signe de tête.

« Avez-vous besoin de moi, Susan, esclave?

Oui encore.

"Allons-nous voir si c'est le cas?"

Robert a attaché la corde à la tête de lit et a fait en sorte que l'autre extrémité forme une corde qu'il a glissée sur sa tête et autour de sa gorge.

Puis il entreprit de mesurer le besoin de son esclave Susan.

Entre ses jambes, il a glissé dans une position pour amener son clitoris palpitant à sa bouche.

Il l'a sucée doucement, de la même manière qu'elle le suce quand il la suce.

Les hanches de l'esclave Susan ont commencé à rouler et à pousser.

Incapable de parler à l'anneau buccal, elle haleta simplement et gémit.

Quand elle était sur le point de jouir, il se recula, la forçant à glisser vers lui et par conséquent serrant son cou sur la corde.

Maître Robert la faisait se sentir exquise.

Il le lécha lentement de ses fesses à son clitoris, puis dessina des cercles paresseux autour de son clitoris avec sa langue.

Ce qu'il lui a fait était exaspérant, et pourtant très merveilleux, jusqu'à ce qu'il recule à nouveau.

L'esclave Susan a glissé vers le bas pour obtenir la pression dont elle avait besoin de sa langue sur son clitoris.

Oh, si elle pouvait jouir maintenant!

Maintenant que la corde était serrée et qu'il n'y avait plus de mou, Maître Robert se leva et enterra sa bite dure dans la chatte dégoulinante de l'esclave Susan.

Il repoussa ses jambes et la baisa profondément, frappant l'endroit qui lui procurait tant de plaisir, mordant ses seins qui lui appartenaient et suçant ses tétons de plus en plus fort, mais quand elle a commencé à trembler et à gémir sous lui, elle est revenue de reculer, ne lui donnant que sa tête de gland et rien d'autre.

"NON!" elle pensait.

Le bandeau, l'anneau de la bouche, elle ne pouvait ni voir ni parler pour demander miséricorde ou lui dire son besoin, alors elle posa ses talons sur le lit et se força à descendre du lit vers Son sexe qu'elle aimait tant.

Elle ne pouvait plus respirer maintenant et la tension dans la corde faisait pencher sa tête vers le haut et sur le côté, mais elle devait le faire.

Elle devait le sentir au plus profond d'elle.

C'était si proche!

Elle ne pouvait plus s'arrêter maintenant.

Maître Robert sourit avec ravissement.

Elle aurait ce dont elle avait désespérément besoin ou mourrait, et c'était Lui.

Elle l'aimait plus que l'air qu'il respirait et cela lui suffisait.

Puis, il s'allongea complètement sur elle et commença à la pousser profondément et fort contre elle, lui suçant les épaules et se mordant la mâchoire.

Quand il sentit ses jambes s'enrouler autour de lui et que son corps commença à trembler, il attrapa la corde et les tira tous les deux sur le lit, laissant l'air revenir dans sa bouche ouverte.

La regarder haleter et pleurer et sentir sa chatte se resserrer et se contracter sur sa bite était plus qu'elle ne pouvait supporter.

Il sursauta et prit sa bite dans sa main.

Il le pompa furieusement jusqu'à ce qu'il vienne enfin, tirant sur le sperme à travers l'anneau et dans la bouche de l'esclave Susan.

"Oh oui!" Elle pensa la première fois qu'elle l'essaya avec sa langue: "OUI! Son corps, qui n'avait pas encore complètement récupéré de son Maître, était à nouveau rempli de plaisir.

Encore et encore, comme des vagues sur le rivage, cela est venu pour Lui.

C'était son âme sœur à tous égards, et ensemble, ils atteignirent des sommets de pure extase.

Maître Robert a enlevé le bandage et a continué à pomper sa bite dure et dressée.

Lorsque les yeux de Jennifer se sont ajustés à la lumière, elle pouvait voir son Maître remplir sa bouche de Son sperme.

Puis il enleva le bâillon et lui permit de savourer son cadeau tout en continuant à libérer ses mains et à retirer ses bas, ses chaussures et enfin le collier.

Maître Robert la prit dans ses bras et la serra étroitement dans ses bras.

Il murmura son nom et lui dit qu'elle était à lui et qu'il l'aimait sans se retenir.

Elle se tenait tremblante dans ses bras et Il la tira encore plus près, l'assurant qu'elle était chérie et protégée.

Lorsque son corps fatigué cessa de trembler, il s'endormit paisiblement dans la douce étreinte de son Maître.

CHAPITRE VI

Elle s'est réveillée quand Il l'a ramassée et l'a conduite dans la baignoire.

Il entra en elle et la berça dans ses bras alors qu'ils s'enfonçaient dans l'eau chaude et embuée.

C'était magnifique et elle sourit en se rappelant à quel point ils avaient apprécié la baignoire artisanale pendant si longtemps.

Maître Robert l'a baignée aussi doucement que si elle était un nouveau-né.

Il a lavé ses cheveux et a accordé une attention particulière à sa chatte et à son cul sensibles.

Il frotta son cou et ses épaules avec ses mains savonneuses, les faisant glisser le long de son dos et sur ses fesses qu'il pétrit comme de la pâte.

Le bain des esclaves était un rituel sur lequel elle insistait, ce qui le rendait beaucoup plus significatif pour elle.

C'était beau et elle était si heureuse qu'elle ne pouvait pas retenir ses larmes alors qu'il ne pouvait pas remarquer la différence entre les larmes et les gouttes d'eau.

Lorsqu'il l'a séchée et coiffé ses cheveux, il a enlevé le couvre-lit et ils ont rampé entre les draps froids sans dire un mot.

Il n'y avait rien à dire que les corps ne se soient pas dit.

Comme sa routine nocturne, Robert lui fit la lecture alors qu'elle traçait son corps du bout des doigts.

Et avec la permission déjà accordée, elle l'a soigné jusqu'à ce qu'il s'égare dans un monde de rêve devenu réalité.

FIN

DÉSHABILLE-TOI, JE T'ORDONNE

"Viens ici."

Je regarde Sonya depuis quelques minutes.

J'ai fermé le livre avec mon doigt, marquant ma place.

Elle est pieds nus en jean.

Alors,

«Sonya, viens ici.

J'ai placé le livre sur la table d'appoint, croisé les jambes et tendu les mains.

Elle s'approcha de moi, se tint à côté de moi, je posai ses mains sur mes hanches et me pencha pour m'embrasser.

Je l'embrasse un instant, ses lèvres sont chaudes et douces, mais je m'éloigne.

Elle est nerveuse.

Je prends le bouton du haut de son jean entre mes doigts et l'ouvre en tirant la fermeture éclair vers le bas.

"Enlevez ceci."

Elle commence à parler et ...

"Chut, Sonya, enlève-les, maintenant, ne dis rien."

Elle avale et quelque chose scintille entre nous.

Elle enlève son jean, le passe sur ses hanches fines, en sort et lui donne un coup de pied.

Je pose mon doigt sur son nombril, le glisse jusqu'à l'ourlet de sa culotte.

"Et ça aussi."

Elle le fait.

Il les pousse avec ses pouces, leur donne un coup de pied.

Je passe le bout de mes doigts sur son ventre, le devant de ses cuisses, reprends ses hanches dans mes mains, et la tire vers moi, ses jambes écartées pour me soutenir, elle peut passer sur moi dans le grand fauteuil en cuir.

Je tire ses hanches vers moi, l'emboîte, écarte ses cuisses, et elle passe ses doigts dans mes cheveux, tient l'arrière de ma tête, et je dois juste incliner un peu mon cou.

Elle est si petite que nous sommes presque au niveau des yeux comme ça, et je la laisse approcher ma tête d'elle et elle pose sa bouche sur la mienne, penchant sa tête sur le côté pour un doux baiser, mais elle se sent un peu désemparée. , un peu distrait.

Je ne sais pas pourquoi, mais elle se sent un peu ... distante.

Je mets ma bouche près de son oreille et murmure.

"Si ton vagin coule dans mon pantalon, je te donnerai une fessée jusqu'à ce que tu pleures."

La bouche de Sonya s'ouvre légèrement de surprise, et je passe mes mains sur ses hanches, sur ses côtes, et prends ses seins dans mes paumes, capturant ses petits mamelons sensibles et l'attirant vers moi avec les petits boutons délicats.

Sonya se met à crier, mais je pose ma bouche sur la sienne et l'embrasse fort, mes dents se heurtent aux siennes, aplatissant ses lèvres, passant ma langue sur ses dents et tourbillonnant dans sa bouche.

Je ne lâche pas ses mamelons, et ça l'empêche de se concentrer sur le baiser, mais je n'abandonne pas, la tenant là, se tortillant sur mes genoux, ses cuisses tremblantes, incapable de s'éloigner du baiser ou de la vive douleur dans ses mamelons.

Quand j'ai finalement cédé, elle a poussé un petit sanglot, j'ai posé mes mains sur ses tétons et je les ai sentis gonfler, chauffer et durcir tout de suite.

Je les ai massés un peu et j'ai regardé le visage de Sonya.

Elle me regarde et je souris un peu, elle est définitivement là maintenant.

Je pose mes mains sur son dos et l'attire vers moi, et l'embrasse doucement maintenant, et elle sanglote à nouveau, sa bouche douce et ouverte, et nos bouches bougent ensemble, les langues se touchent, tournent, se retirent.

"Je ne pense pas que vous y arriverez."

Dis-je, mes lèvres toujours sur les siennes.

Ses yeux s'écarquillent, mais nous sommes trop proches. Je l'embrasse à nouveau.

"Je ne pense pas qu'une fille sale comme toi puisse l'avoir. Je pense que ta petite chatte est déjà mouillée, ouverte et tremblante."

Je pousse mes doigts dans les cheveux propres, lâches et parfumés de Sonya et masse la nuque.

Sonya gémit dans ma bouche.

Sa langue bouge doucement sur mes lèvres, et je fais de même avec elle, et je soulève un peu pour voir son visage.

«Je pense que tu vas faire un désordre entre tes cuisses et dans mon pantalon. Je pense que tu dégoulines probablement déjà, et si je mets ma main entre tes jambes, mes doigts sortiraient complètement mouillés, parce que tu es une fille sale, non? Je vais te donner une fessée et tu devras l'accepter, car c'est ce qui arrive aux petites salopes comme toi qui n'arrivent pas à empêcher leur vagin de se salir. "

Sonya se presse vers moi, je suis sûr qu'elle ne sait pas.

Pas encore.

C'est juste votre instinct de vous rapprocher.

Je pose mes mains sur son dos en grands cercles.

Elle est chaude et douce, et ses cheveux tombent autour de mon visage, nous cachant tous les deux.

«Peut-être qu'après t'avoir donné une fessée, je te baiserai. Ton vagin sera encore humide, parce que tu es une petite fille qui ne peut pas l'aider, et je peux te mettre par terre sur tes mains et tes genoux, et ainsi glisser ma bite en toi. Je parie que tu le ventre sera chaud et rose, et je le sentirai sur mes cuisses quand je serai complètement en toi. "

Sonya émet de petits sons haletants et des gémissements occasionnels, et ses hanches bougent plus délibérément maintenant.

Je l'embrasse profondément, suce ses lèvres et mets sa langue dans ma bouche, la faisant me suivre.

Je prends son visage dans mes mains, l'empêche d'aller de l'avant et la taquine un peu, nos lèvres se touchant à peine.

«Ou peut-être que je trempe juste mes doigts dans ta chatte et frotte ma tête et mon membre, puis place ma main sur le bas du dos pour incliner tes fesses vers moi, je vais prendre ma bite avec ma main et Je vais me diriger vers ton petit trou de cul serré Je m'arrêterai pour y réfléchir une seconde avant de le faire glisser tout le long de ton cul, de ton ventre, et tu seras contente d'être une sale petite pute dégoulinante. que tu es si humide que ma bite est très glissante du lait de ton vagin, et je peux la glisser directement dans ton petit trou chaud, même si elle est épaisse et qu'elle fait mal, et je dois envelopper tes cheveux dans ma main pour te garder comme ça, et ça te brûle et ça te fait des crampes au ventre, tu es une fille sale et mouillée, ma bite entre dans ton petit trou de prise, toute humide et glissante et dure et longue et épaisse et chaude et je suis tellement excitée je parie Cela attire votre attention, n'est-ce pas, bébé putain? N'est-ce pas bébé? Ce n'est pas comme ça? ".

Sonya hoche la tête, mais elle ne peut pas parler, et je passe mes mains sur mes hanches et mes côtes, et sur mon ventre, je soulève ses seins et l'embrasse doucement, mais je prends ses tétons avec mes doigts.

Encore une fois, je peux clairement sentir qu'ils sont encore durs, chauds et gonflés.

Je les prends fermement dans mes doigts et la tire vers moi.

Il n'y a nulle part où aller, et elle sanglote encore un peu, dans ma bouche.

Je tiens sa lèvre inférieure entre mes lèvres, et j'embrasse sa joue, et son oreille et son cou, elle crie, et elle ne peut pas s'échapper ou s'éloigner de la pression sur ses mamelons.

Je mets ma bouche à côté de son oreille et je lui dis ...

"Je vous ai posé une question, Sonya. Je vous ai demandé si vous me donneriez toute votre attention si je vous fessais parce que vous êtes une salope avec une chatte humide en désordre, et je mets mes doigts dans votre chatte humide et je mouille ma bite, et je la mets dans votre Petit cul serré jusqu'à ce que ton ventre se contracte. C'est ce que je t'ai demandé, et tu dois me répondre. Tu dois me répondre ou je vais devoir te punir plus bébé, je vais devoir, petite pute, sale petite fille, alors dis-moi, réponds-moi Sonya, dis-moi que je ... "

"Oui!" Un petit cri sortit de sa gorge.

«Oui cette Sonya?

"Oui! Je suis comme ça, je le ferai Steve, s'il te plaît!"

Je souris à son cou et embrasse sa gorge, suce son lobe d'oreille et serre ses mamelons plus fort, poussant un autre soupir.

"Ce n'est pas une réponse minable. Je veux savoir ce que je dois faire pour attirer toute votre attention. Je veux savoir si je vous donne une fessée parce que vous ne pouvez pas empêcher votre vagin de couler dans mon pantalon, parce que vous êtes si petite chienne mouillée que vous ne pouvez pas vous empêcher de faire tremper votre petite chatte qui fait un désordre. Et si je vous donnais une fessée pour cela, et mettais mes doigts dans votre petite chatte en désordre pour les mouiller, et essuyais mes doigts sur ma bite pour qu'elle soit totalement glissante, et vous mettais à genoux sur le sol, pour Enfoncer ton petit cul serré avec ma grosse bite dure, aurais-je toute ton attention? "

Je relâche les tétons de Sonya, mais pose à nouveau mes paumes dessus, et Sonya pleure, et je les sens gonfler et durcir encore plus alors que le sang coule des petits pics tourmentés, et je peux clairement sentir la chaleur quand elle ils s'affaissent, se froissent et durcissent.

Sonya respire par la bouche, ses yeux papillonnent un peu, je lui tapote le cou et la serre doucement, je porte sa tête à mon épaule, j'embrasse son cou, son oreille, je la calme un peu.

"Shhhh. Shhhh maintenant, bébé. Tu essaies, non? Mais tu ne peux pas t'empêcher d'être une fille si sale. Douce petite salope sale, tu peux minou?"

Je trouve sa bouche, et l'embrasse doucement, ma langue glissant sur ses lèvres, et je lui caresse le dos avec la paume de ma main, les doigts grands ouverts.

"Êtes-vous une petite pute en désordre?"

Sonya hoche la tête, son front enfoui dans mon cou.

«Dis-moi, Sonya, dis-moi que tu l'es. Dis-le.

Les cils de Sonya flottent contre ma joue, et elle murmure, presque à bout de souffle, que oui, c'est une pute en désordre, c'est ma sale fille, et s'il te plaît, s'il te plaît, s'il te plaît.

Je retrouve ses tétons avec mes paumes, et ils sont si durs et si tendres, Sonya sursaute un peu, et je soulève sa chemise assez haut pour les prendre dans ma bouche, l'un, puis l'autre, doucement, et les sucer et les lécher un peu, dessiner en eux avec ma langue, palpitant et suçant plus fort, et tirant, et Sonya gémit, et je les étale un peu, pris avec mes dents, et je les laisse briller et mouiller, et si fort, et ils sont de la couleur d'un rose Profond.

Je sens les cuisses de Sonya fléchir et se relâcher, ses hanches bougent lentement et ses yeux se ferment.

Je remonte mes mains sur ses côtes, cette fois en prenant sa chemise avec elle, et Sonya lève ses mains et la retire, au-dessus de sa tête, et maintenant elle est nue, toute douce et chaude.

J'inspire et lèche à nouveau ses tétons, et je les capture dans ma bouche avec mes dents, et Sonya respire en moi, et ses hanches se balancent.

Ma bite est dure et épaisse, et quand Sonya tourne à nouveau son ventre vers moi, je tiens ses hanches et la rapproche, et son petit monticule nu se presse contre ma bite, contre le tissu rugueux de mon jean, et elle halète un peu. .

Je pousse mes hanches en avant, et je sais qu'elle peut sentir à quel point je suis dur, à quel point elle me fait mal, et elle émet un petit gémissement, un gémissement et un petit son frustré.

Je saisis ses hanches fermement, la tire et la fais presser sa douce petite chatte contre moi, la blessant un peu, prenant sa bouche avec ma bouche, la faisant gémir en moi.

"Se lever."

Je lui tire toujours les hanches et je l'embrasse, et elle est un peu confuse, mais je ne la pousse pas, je ne lui enlève pas la bouche, elle m'embrasse doucement et profondément, je lui donne juste une minute et le répète, calmement, et elle me regarde et hésite, mais elle met ses mains sur ses épaules et se lève, un peu rougie, un peu sauvage, ses cheveux un nuage sombre emmêlé autour de son visage, et son cou et ses seins sont rouges, et ses lèvres sont enflées et roses sombre de baisers, et je me rends compte que j'ai regardé sa bouche quand elle sourit, juste un peu.

Elle est nue, et elle a l'air légère et douce et vulnérable debout devant moi.

J'ai ajusté ma bite dans mon jean, et les yeux de Sonya sont tombés sur ma main, et je vois ses yeux s'écarquiller un peu quand elle regarde.

"Regarde ça."

Sonya ne dit rien et je montre mon jean.

«Regarde ce bordel, Sonya. Tu as coulé sur mon pantalon.

Je me dépêche d'avancer sur ma chaise, lui tends la main et glisse mes doigts à l'intérieur de sa cuisse.

Mes doigts glissent facilement le long de sa peau.

Elle est un beau gâchis.

Je caresse un peu l'intérieur de sa cuisse et lui montre mes doigts.

"Regarde ça. Petite pute mouillée et en désordre. Et ce n'est que tes cuisses. Je n'ai même pas encore touché ta chatte. Je parie que tout est glissant, trempé et en désordre, non?"

Sonya hoche la tête, ses yeux sont grands et ses lèvres sont ouvertes.

Ses tétons sont raides et rose foncé.

"Mettez vos mains derrière votre dos."

Elle le fait, et je me penche à nouveau en avant, garde mes yeux sur le sien et pose ma main sur l'intérieur de sa cuisse, ma paume cette fois, et la glisse vers le haut, et prends sa douce petite chatte nue dans ma main, et elle est en désordre, elle est trempée et sa petite chatte s'ouvre facilement sous ma main, s'aplatit un peu, et se propage, et mes deux doigts du milieu s'enfoncent dans sa chatte.

Sonya respire en tremblant alors que mes doigts glissent en elle, jusqu'à ce que ma paume soit contre son clitoris et que mes deux doigts soient fermement enfermés dans sa douce gaine chaude.

Je glisse le bout de mes doigts le long de la paroi avant sensible de sa chatte, profondément, en serrant un peu ma paume, et les genoux de Sonya se plient un peu, et je tire lentement mes doigts de son corps et lui montre pendant que je suis debout.

Mes doigts sont brillants et glissants, et ma paume est mouillée.

«Regarde ce désordre que tu as fait bébé petite pute, regarde ta petite fente en désordre, ta petite salope mouillée qui fuit, ta petite chatte que tu ne peux pas contrôler.

Je prends un petit téton dur avec mes doigts mouillés et le remplis de son jus, et les yeux de Sonya papillonnent un peu alors que je le pousse plus fort, me tenant plus fermement à travers la tache, laissant le petit bec glisser hors de ma bouche. doigts avant de le capturer à nouveau.

Je lui dis de se retourner, et elle le fait, et je me tiens très près derrière elle, je passe ses cheveux sur le côté, l'embrasse un peu dans le cou, glisse ma main le long de ses côtes et capture son autre petit téton saillant dans mes doigts humides.

Mon autre main tourne autour de ses hanches, et entre ses jambes, et je trouve son clitoris, et je le roule, et j'appuie un peu, secoue mes doigts, et passe mes doigts de haut en bas de sa fente, et trouve son clitoris. encore une fois, et je le déchire et le caresse plus vite, et un peu trop fort, et je mouille mes doigts aussi bien que je peux et je caresse partout son petit monticule lisse, et plonge dans sa chatte, glissant mes doigts dans et hors d'elle se replie sur toute la longueur de sa petite fente dégoulinante, puis revient à son clitoris, rapide, lisse et léger, puis plus fort, la tirant vers moi, les dents sur son épaule, son cul pressé contre moi, sachant tu peux sentir ma bite se resserrer dans mon jean.

La bouche de Sonya est ouverte et humide, et ses yeux sont fermés, et elle se concentre sur les sentiments qui la traversent, mes doigts glissent sur son clitoris et le caressent sans relâche maintenant, et je la veux près, et je la veux nerveuse, parce que Je veux lui donner une fessée et la baiser par terre.

Je me presse contre elle par derrière alors que mes doigts glissent et plongent, caressent, jouent et frottent son petit clitoris.

Je déplace mon autre main de sa poitrine et passe mes ongles le long de ses côtes, sur son ventre, autour de ses hanches et sur son petit cul chaud, dans son dos et dans ses cheveux.

J'attrape une poignée de ses beaux cheveux noirs et lui arrache la tête, amenant ma bouche à son oreille.

Sonya halète, gémit un peu, et bouge ses hanches pour que mes doigts bougent pour son plaisir, mais je me suis arrêté, et ai enlevé mes doigts de son petit minou douillet, et les ai essuyés sur son ventre, la laissant sentir à quel point humide et glissant. que c'était, à quel point c'était désordonné.

"Je vais te donner une fessée Sonya."

Et je ne peux pas m'empêcher de grogner dans ma voix, mon cœur bat la chamade et je n'arrive pas à trouver un moyen de me rapprocher suffisamment d'elle.

Je veux la lécher et l'embrasser, la blesser, l'aimer et la baiser.

Je veux vraiment la baiser.

Ma bite est si dure que ça fait mal, et elle n'est pas la seule à faire des dégâts là-bas.

Je l'attrape par les cheveux, durement, et elle soulève un peu les orteils, déboucle la ceinture d'une main et la pousse à travers les liens.

Je la pousse en avant, jusqu'à ce qu'elle soit contre le mur, et j'appuie mon poids contre elle, je penche ma tête sur le côté pour embrasser son cou, je mords à nouveau son épaule et je passe ma main en tenant ma ceinture de haut en bas. son côté.

Pour qu'elle puisse sentir ma main chaude et mon cuir frais.

Je tourne la tête avec ma main toujours enveloppée dans ses cheveux pour l'embrasser, me penchant presque pour atteindre sa bouche, étirant son cou vers le haut, tendue, tendant la main vers moi, ses lèvres chaudes et humides et sa bouche ouverte.

J'ai l'impression de me noyer.

"Je voudrais." Dis-je, et elle sait ce que je veux dire.

"Je sais bébé." Dit-elle, puis halète, alors que je lui pince les cheveux et incline la tête en arrière.

Je lèche son cou, et sens ma langue passer sur les tendons et la chair douce, et je lèche légèrement le coin de sa mâchoire et l'embrasse derrière son oreille.

J'aime un peu le goût du sel sur sa peau.

"Shhhh, maintenant." Je dis.

Je m'éloigne d'elle et elle ne me regarde pas, mais elle pose légèrement ses mains sur le mur, à la hauteur de ses épaules, et reste très immobile, juste le bout de ses doigts sur la surface froide.

Je peux voir sa respiration s'approfondir, elle frémit, et je sais que ce n'est pas du froid.

Ses pieds et ses chevilles sont ensemble et elle soulève un peu le poids d'un côté à l'autre, et je pense qu'elle doit être capable de sentir à quel point elle est humide entre ses cuisses quand elle le fait.

Je la laisse ainsi et j'attends longtemps, même si ce ne sera qu'un instant, et je vois les muscles lisses de ses mollets fléchir, et elle se tient sur la pointe des pieds et ses doigts se pressent contre le mur.

Nous attendons tous les deux. et cela presque trop délicieux, et même d'ici, je peux voir un pouls dans sa gorge.

Sonya attend, nue, mince et droite, les orteils hauts, la chair de poule ondule le long de son dos et elle prend une profonde inspiration.

La bosse sur son cul avec la ceinture pliée est rapide et dure, et elle pousse ses hanches en avant pour frapper le mur.

Sonya pousse un petit cri et gémit, tremble, et je recommence, et les marques de croix roses montent sur la peau délicate et lisse, et elle respire toujours profondément depuis le deuxième coup lorsque le troisième frappe, la poussant à nouveau contre le mur. , ses hanches et son ventre martelaient la surface lisse, et tirant un autre cri d'elle, tout en gardant ses mains sur le mur, pressant.

Elle se lève sur les orteils, et je me dirige vers elle et je lutte pour déboutonner mon jean, et le baisser suffisamment pour libérer ma bite, douloureusement dure et glissante avec du jus dégoulinant de sa tête enflée, et je cours vers son cul. , et je sens la chaleur, et les coutures chaudes monter, et je passe ma main autour de la hanche de Sonya, l'éloignant un peu du mur et la poussant entre mes omoplates pour la pencher.

J'attrape à nouveau ses cheveux, et relève sa tête fort, cambrant son dos, ses pieds toujours ensemble, ma bite ruisselant littéralement.

Je peux sentir une humidité fraîche et glissante courir le long de mon membre alors que je le prends en main et que je bouge mon poing de haut en bas le long de ma bite, et sur la tête enflée, et le place dans mon trou du cul serré par Sonya.

C'est incroyablement serré quand je la pousse en avant et que je l'ouvre avec ma tête épaisse, mais je m'arrête là, et je sais que cela lui fait mal à cause de son halètement et de ses tremblements, et je me penche un peu pour amener ma bouche à son oreille, tirant plus fort de vos cheveux.

Sonya hurle un peu, et je dis:

"Sonya, écoute, est-ce que j'ai votre attention maintenant?"

Et Sonya hoche la tête, un peu frénétique.

"Euh hein!" Elle dit.

Et je lui dis:

"Sonya, est-ce que j'ai votre putain d'attention maintenant?"

Et cette fois, elle ne peut pas trouver de réponse, et une larme glisse du coin de l'œil, et je la lèche, et je glisse lentement ma bite dans son cul.

Ma bite est si dure et si glissante que je peux la sentir lutter pour s'installer, mais je me glisse complètement en elle dans ce premier coup délicieux et délirant.

Je garde sa tête en arrière, la garde cambrée, et je peux sentir ses jambes trembler, soulever mes hanches en arrière et attendre un moment, puis avancer à nouveau, profondément, conduisant, poussant Sonya à pousser ses mains contre le mur. , et je sens sa crampe dans mon ventre, et je saisis ses hanches pour avancer, pour avoir plus d'elle, et elle gémit à nouveau, et sanglote un peu, et je veux lui parler, la faire me parler, lui demander de Je l'ai baisée, qu'elle lui a fait du mal, qu'elle l'a mis dans son cul, qu'elle me dise qu'elle était à moi, qu'elle était ma petite chienne et que la bite lui faisait mal et qu'elle voulait venir, mais je ne peux pas parler.

Sonya doit se forcer, je tire sa tête vers moi, et son dos est cambré mais je sais que cela ne durera pas longtemps, car c'est trop serré et la friction est trop forte, et j'essaye de retarder mon orgasme pour en prendre le plus possible, Mais ensuite je ne peux plus penser, et je la baise juste dans le cul, elle, ma fille, ma sale salope, baise son petit cul chaud et serré, et la blesse, et je m'en fiche plus, je m'en fous compte.

Oui je le suis, et elle prépare ses mains pour que je ne la jette pas contre le mur, et j'arrive à lui dire de me regarder, ma voix est épaisse, mes dents sont serrées, et bien sûr le plaisir chante à travers moi, un liquide épais commence à sortir.

La surexcitation et la chaleur précipitée me font couler en elle, ma bite gonfle et palpite, et pompe, et Sonya hurle un peu alors que je pousse plus fort en avant, et elle étend sa main entre ses jambes, pour tenir la base de ma bite.

Je sais qu'elle peut sentir mes secousses, mes spasmes et comment je la remplis de ma venue ...

Je finis enfin, et je tire ma bite de son cul, la retourne, la pousse contre le mur, pose ma bouche sur la sienne et l'embrasse fort, nos dents claquent et enfonce mes doigts dans sa chatte.

Je trouve son clitoris, et elle est si mouillée et si ouverte, autant ou plus qu'avant, et elle halète quand je mets le bout de mes doigts sur son clitoris, et je la caresse en cercle, rapide et rugueux, et c'est toujours très excitant pour elle. moi.

Sonya pose ses mains sur mon visage, ses paumes chaudes sur mes joues, et tient mon visage à quelques centimètres du sien, me regardant dans les yeux, et je la regarde alors que son orgasme la déchire, et elle garde les yeux ouverts et je sens le ses hanches tremblent, et sa bouche s'ouvre silencieusement, et je continue de caresser, de tordre et de presser alors qu'elle va et vient et vient, ses yeux sur les miens comme une prière.

FIN

www.ingramcontent.com/pod-product-compliance
Lightning Source LLC
LaVergne TN
LVHW041041150826
845672LV00001B/421

* 9 7 9 8 2 3 0 4 6 1 9 6 8 *